「そう思わない、お兄ちゃん？」
ネコクロ
ill.Parum
孤高の華と呼ばれる英国美少女、義妹になったら不器用に甘えてきた

白《しら》川《かわ》ソフィア
「……はい
一口なら、あげるわ」

「えっ？」
一口あげるって……
これ、間接キスでは……？
白川賢人《しらかわけんと》

「どう、かしら……？」
普段彼女が着ている私服は
布面積多めなもので、
こんなふうに肌色多めな服を
着るところは初めて見た。

孤高の華と呼ばれる英国美少女、義妹になったら不器用に甘えてきた 1

ネコクロ

OVERLAP

Contents

イラスト／Parum

プロローグ

PROLOGUE

solitary flower

『——騙された《Was fooled》』

俺——白川賢人《しらかわけんと》の家に来るなり、ムスッとした表情で英語を呟《つぶや》いたのは、我が校の有名人であるソフィア・フロストさんだ。

名前からわかる通り彼女は外国人で、イギリス出身らしい。

天然の淡い金髪には誰もが目を惹《ひ》かれ、キリッとした碧眼《へきがん》には誰もが一歩後ずさる。

日本人離れした高い鼻は印象的で、学校で一番かわいいとさえ言われていた。

きっと、彼女を知らない生徒はほとんどいないだろう。

なんせ——孤高の華、ということで凄《すご》く有名なのだから。

第一章 新たな家族

solitary flower

「おっ!? 見ろよ、賢人! 〝孤高の華〟だぜ!」

昼休み――同じ野球部の、神薙翔太《かんなぎしょうた》と一緒に食堂へと向かっていると、急に翔太のテンションが上がった。

彼が指さすほうを見ると、綺麗《きれい》な金髪を風に靡《なび》かせながら、優雅に歩く美少女が目に入る。

入学してたった一ヵ月で全校生徒に名が知れている、フロストさんだ。

なんでも、凄くかわいいのに、かなりの塩対応をするのだとか。

いつも一人でいることもあり、孤高の華と呼ばれているらしい。

「その呼び方は、彼女に失礼だと思うんだが……」

「えっ、かっこよくね?」

思うことを口にすると、翔太はキョトンとした表情で首を傾《かし》げてしまった。

明るくていい奴《やつ》なのだけど、少々思慮が浅いところがあるのだ。

まぁ、それが彼の長所にもなり得ているので、難しいところなのだけど。

「決して、いい意味でつけられたあだ名じゃないと思うんだ」

「ふ～ん? それよりもさ、校舎が違うからなかなか会えないんだし、せっかくだからお

昼に誘ってみようぜ！」

「……正気か？」

あだ名がどういう意味でつけられているかは知らなくても、彼女の噂《うわさ》は翔太も知っているはず。

それで誘ってみようと思うのは、いったいどんな思考回路をしているのだろうか？

「彼女かわいいしさ、いいじゃんか！」

「いや、断られるに決まって——って、おい……！」

翔太は最後まで聞かず、フロストさんのほうへと一人向かってしまった。

仕方ない。

ここは、離れたところで見ておこう。

さすがに巻き添えを喰《く》うなんて嫌だからな。

「フロストさん、こんにちは！　よかったら、俺と——！」

「誰？　気安く話しかけないで」

「あっ、俺、神薙翔太っていうんだけど——！」

「知らない。気持ち悪いから、二度と話しかけてこないで」

「…………」

どうやら、噂は本当だったらしい。

確かにこれは、取り付く島もないだろう。

正直、孤高の華と呼ばれるのも仕方がないと思った。

「――賢人……」

「おっ、おぉ、お疲れ様……」

涙目で帰ってきた友人を、一応労《ねぎら》っておく。

とんでもない塩対応をされて戻ってきた相手に、正論をぶつけてこれ以上傷つけるなんてことは、俺にはできない。

「彼女、あんなに怖いんだな……」

「まぁ見た目だけでモテるだろうし、見知らぬ男子を全力で警戒していたんだと思うぞ」

黒髪や茶髪が多い日本人の中で、彼女の金髪はよく目立つ。

そして肌も、俺たちより白くて美しく、顔もアイドル顔負けにかわいい。

あれほどの美少女を、普通の男子が放っておくわけがないのだ。

現に、翔太だって見かけただけでちょっかいをかけに行ったのだし。

そうやって声をかけられるばかりしていれば、嫌気が差していても不思議じゃない。

「顔はかわいいのに、もったいないなぁ……」

「その辺は彼女の自由だろ。とりあえず、大会もあるんだから問題を起こすなよ？」

「わかってるって。馬鹿な真似《まね》はしないさ」

「それがいい。彼女だって好きで、ああやって一人行動しているんだろうしな」

……とはいえ、それだけが理由なら、あそこまで冷たくなるとは思えないが。

もしかしたら、過去に嫌なことがあったのかもしれない。

だけどそんなことは、クラスメイトでもない赤の他人の俺にはわからないし、今後関わることもないだろう。

だから、これ以上は気にしないのだ。

——と、この時は思っていたのだが……。

◆

それから三ヵ月が経《た》ち、現在に至るわけなのだけど——まさか、こうして義兄妹として向き合う日がくるなんて、思いもよらなかった。

父さんから名前を聞いた時は、本当に驚いたものだ。

そしてその彼女はなぜか、俺を敵視しているわけで……。

「えっと……なんて言ったんだ？」

彼女の視線が捉えているのは俺であり、俺に向かって言ったのは間違いない。

だから、反応したのだが——。

「ふんっ……！」

プイッと、ソッポを向かれてしまった。

なんだ？

なんで不機嫌になっているんだ？

彼女が家に入ってきたのは、一、二分前のこと。

その時はむしろ、学校での前評判からは想像ができないほど、ご機嫌な様子に見えた。

それなのに、俺の顔を見た瞬間急に不機嫌になったのだ。

もしかして、この家に男子がいるって聞いてなかったのか？

「あ～、その、まずは自己紹介をしようか。賢人、先に頼む」

父さんも、フロストさんの態度は予想外だったのだろう。

戸惑いがちに、俺の背中を押してきた。

腑《ふ》に落ちないが、これ以上場の空気を悪くするわけにはいかない。

俺は父さんに背を向けたまま、笑顔で口を開く。

こういう時は、第一印象が大切なのだ。

「はじめまして、いつも父さんがお世話になっています。息子の、賢人です。高校一年生で、野球部に入っています」

「よろしくね、賢人君」

俺が自己紹介を終えると、フロストさんの母親である、ジェシカさんが笑顔を返してくれた。

彼女とは既に何度か会ったことがあり、今日から一緒に暮らす、父さんの新しい奥さんだ。

日本に来た頃は通訳の仕事をしていたらしいけれど、今は英語教師をしているらしい。

髪色は、フロストさんよりも濃い色合いの金髪だ。

碧眼なところはフロストさんと同じだが、その瞳から受ける印象は全然違い、優しくて温和そうに見える。

何より、女性らしいある一部分が、フロストさんと違ってかなり大きい。

それこそ、フロストさんは着物がよく似合いそうな大きさだが、ジェシカさんのほうはグラビア——水着が、よく似合いそうな大きさだ。

「…………」

「はっ⁉　殺気⁉」

ジェシカさんに気を取られていると、殺気に溢《あふ》れた瞳でフロストさんがこちらを睨《にら》んでいた。

なんだろう、冬はまだだというのに、半端ない寒気だ。

絶対零度を放つ少女なんて、現実にいたのか。

「ソフィア、あなたも自己紹介をしてね」

ジェシカさんは、俺たちの間で交わされる目のやりとりに気が付いていないのか、それとも気が付いていて流しているのかはわからないが、笑顔でフロストさんに話しかけた。

「ソフィアよ、以上」

「こらこら、まじめにやりなさい」

簡潔すぎるとも言える自己紹介に、ジェシカさんは思わず苦笑いを浮かべる。

「ごめんね、賢人君。予《あらかじ》め話してた通り、あなたと同じ青城《せいじょう》高校に通ってる、娘のソフィアよ。同じ一年生だけど、科が違うんだったかしら？」

「いえ、同じ普通科なんですけど、彼女は特別進学コースで、俺はスポーツコースになります。ですから、今まで面識はなかったですね」

同じ普通科でも、正直まったくの別物だ。

彼女のコースは特に勉強に力を入れている、選ばれた少数精鋭のエリート集団。

その中でもフロストさんは、首席入学以来ずっとテストでトップを取り続けている、天才なのだとか。

逆に俺がいるコースは、名前からわかる通り運動部に力を入れており、正直学力はかなり低い。

そのため授業内容が違うし、校舎も違うのだ。

他にも、普通科には普通コースというのがあり、一般的な学生が通っているため、人数はそのコースが一番多い。

ちなみに、俺たちの高校は私立だ。

「なんで私のコースを知ってるの……？　もしかして、ストーカー……？」

「いやいや、君学校で凄く有名だろ⁉　そんな引くなよ！」

まるでドン引きとでも言わんばかりに、不快そうな表情を浮かべたフロストさんに対して、俺は慌てて訂正をした。

この子、自分がどれだけ有名なのか知らないのか!?

「ソフィア、いい加減にしないと怒るわよ?」

「――っ」

いったいどうしたというのか。

先程まで強気だったフロストさんが、ジェシカさんの一言で途端におとなしくなってしまった。

決して強く言われた言葉ではなく、とても優しい声色で、ジェシカさんはニコッと笑みを浮かべただけなのだが……。

それなのに、見ればフロストさんはダラダラと汗をかき始めていた。

……もしかして、ジェシカさんって結構怖い?

「………………」

そう俺が疑問を抱いていると、無言の圧力が俺を襲ってきた。

もちろん、そんな圧力をかけてきているのは、フロストさんだ。

ジェシカさんにバレないよう、少し後ろに下がって彼女の背後に入り、無言で俺を睨んでいる。

大方、俺のせいで怒られたと思っているんだろう。

噂通り、やっぱりフロストさんはとても厄介そうだ。

――親の再婚により、今日から俺たちは兄妹になるのだが、どう考えても揉《も》めごとが起きそうなので、これからの未来に俺は不安を抱かずにはいられないのだった。

◆

「――どこに行っていたのよ？」

夜、日課を終えて家に帰ってくると、玄関でバッタリとフロストさんに出くわしてしまった。

塾に行っていたはずだが、さすがにもう帰ってきていたようだ。

「遊びに行っていただけだよ」

「こんな時間に、それもジャージ姿で？」

フロストさんは怪しむように、目を細めて俺を見据えてくる。

時刻は、二十一時を過ぎたところだろう。

今は夏休み終盤なので、これくらいなら遊んでいる学生も多いと思うが……。

「何か問題でもあるか？」

「ふん、まるで不良ね」

一応尋ねてみると、鼻で笑われてしまった。

やっぱり性格が悪い。

「フロストさんこそ、今日くらい塾は休んだらよかったんじゃないか？」

家族になった初日なのだから、晩ご飯を食べに行くことがあったかもしれない。

だけど、彼女が早々に塾へ行ってしまったから、そういう展開もなかったのだ。

くそ、ご馳走《ちそう》が食べられたかもしれないのに……！

「あなたこそ、午前は部活に行っていたらしいじゃない」

俺に言い返されたのが気に入らなかったのか、不機嫌そうにフロストさんは言い返してきた。

「俺はちゃんと、午後練は休んだぞ？」

大会期間中の大切な時期なのに、家族のことを優先して休んだのだ。

文句を言われるようなことじゃない。

「私だって、塾に途中参加したのよ？」

どうやら彼女が主張したいのは、午前は塾を休んだということのようだ。

「午後を休めばよかったのに……」

「午後のほうが授業は長いのだから、当然の選択。むしろあなたこそ、午前を休んだほうがよかったんじゃないの？」

確かに、練習時間を考えればフロストさんの言う通りだ。

しかし――。

「いやいや、顔合わせ前と後では、同じ休みでも意味が変わってくるだろ？」

俺が部活に出たのは、顔合わせ前だ。

それによって顔合わせの時間を遅らせてもらうことにはなったが、顔合わせをして家族になってからは、ちゃんと一緒にいようとした。

彼女は逆に、家族の時間ではなく塾の時間を優先したのだ。

そこの意味は変わってくると思う。

「どっちみち、遊びに行っているなら同じじゃない」

「君が塾に行ったからだろ……!?」

「人のせいにしないでちょうだい」

人のせいも何も、彼女が塾に行ったのだから、俺だって自分の時間を優先する。

なんせ、あのまま俺が残れば、父さんとジェシカさんの邪魔になりかねないのだから。

フロストさんがいてくれればそんな気を遣うこともなかったのに、三人だけになってしまえば俺だって空気を読む。

再婚同士とはいえ、今父さんたちは新婚なのだから。

その意味がわからないほど、愚かではない。

「とりあえず、一つ言えることがあるわ」

俺が黙りこんだからか、フロストさんが続けて口を開いた。

「私にとって、あなたより勉強のほうが大切なの」

そして、とても辛辣《しんらつ》なことを言ってきた。

彼女の言わんとすることはわかる。

今まで赤の他人だった人間より、勉強のほうが大切というのは当然だろう。

だけど、それを本人に言うか、普通？

「――って、どこに行くんだよ？」

気が付けば、彼女は俺に背を向けていた。

話は終わりだ、と言いたいんだろう。

「あなたに関係ないわ」

そう言って彼女が歩いて行ったのは――お風呂場のほうだった。

くそ、俺だって風呂入りたかったのに……！

というのも、彼女には遊びに行ったと誤魔化しただけで、本当はトレーニングをしていたのだ。

まぁ誤魔化したのは良くないと思うが、頑張る人間を嫌う奴《やつ》は意外と存在する。

実際中学時代に一人居残って練習することや、遊びもせず野球ばかりしていることを、チームメイトやクラスメイトから馬鹿にされたのは一度や二度じゃない。

頑張る他者を馬鹿にし、見下すことによって、頑張らない自分の精神安定剤にしている人間は、どこにでもいるのだ。

それ以来、俺は努力している姿を他人には見せない、というのを決めていた。

特に、フロストさんのような他人を馬鹿にする人間には、努力している姿は見せたくない。

　とりあえず、走った後はバッティングセンターに寄っていたおかげで、汗はもう乾いているのだし……今から行っても、服を脱いでいる最中だったら社会的に殺されるので、諦めるしかなかった。

◆

　フロストさんと軽く言い合いをしてから、三十分ほどが経《た》った頃――。

「話があるんだけど？」

　部屋で動画を見ていると突然ドアがノックされ、不機嫌そうな声が聞こえてきた。

　こんな声を出すのは一人しかいない。

　まさかあのフロストさんが、自分から接触してくるとは……。

「どうした？」

「部屋に入ってもいいかしら？」

「……………」

　俺は、部屋の中を見回す。

　部屋の本棚には、野球雑誌、野球やトレーニングの教本、それに昔のプロ野球や甲子園のビデオなどが、ズラッと並んでいる。

何より、昔から憧れている、とある外国人選手のポスターを沢山壁に貼っていた。

ちょっと、他人には見られたくないものだ。

「いや、出るよ。少し待ってくれ」

俺はそう言うと、部屋の中が見えないよう気をつけながら、廊下へと出た。

「まるで、部屋の中を見られたくないような行動ね？」

こんな怪しい動きをすれば当然、目聡《めざと》いフロストさんには指摘されてしまう。

「年頃の男だからな、女の子に見られたくないものが沢山あるんだよ」

「なっ!?」

俺の言葉を聞いて、どう解釈したのか。

真っ白な彼女の顔が、一瞬にして真っ赤に染まってしまった。

意外な反応だ。

『けだもの《Beast》……！』

フロストさんは真っ赤に染まった顔で、恨めしそうに俺のことを睨《にら》んできた。

うん、結構初心《うぶ》なんだな。

今のは英語だったけど、さすがに獣《けもの》くらいは俺もわかる。

「悪かったよ。それで、話って？」

「………」

謝ってみるが、フロストさんはジッと俺を見据えてきたまま、何も言おうとはしない。

彼女から来た以上、用があるのは彼女のほうなので、俺は黙ってフロストさんが切り出すのを待った。

すると、彼女は突然深呼吸をして、キリッとした表情で俺を見つめてくる。

「私、見ての通り、お風呂上がりなの。廊下で話して風邪を引くと困るから、お部屋に入れてくれないかしら？」

現在彼女は、桃色のパジャマに身を包んでおり、髪もほんのりと湿気を帯びている。

時間的にも、お風呂を出てそのまま俺の部屋に来たんだろう。

彼女がお風呂上がりかどうかは正直どうでもいいのだが、俺が部屋を隠そうとしているからか、わざと部屋に入ろうとしているな……。

「なんだ？　部屋の中のものに興味があるのか？」

『ち、違うわよ……！　私は、ただ……！』

動揺しているからか、また彼女は英語で話し始めた。

ジェシカさんと二人暮らししていた頃は、家では英語で話していただろうし、動揺すると英語で話す癖があるのかもしれない。

それが学校で噂《うわさ》になっていないのは、単純に、動揺する彼女を誰も見たことがないだけだろう。

何を言っているか正確にはわからないけど、とりあえず否定しているのはわかった。

「入りたがるってことは、興味あるんだろ？」

『～～～っ！　ぜ、全然興味ないから……！　これっぽっちも興味ないから、変な勘違いしないでくれる……!?』

　よほどこういった話は苦手なのか、凄《すご》い早口でまくし立ててきた。

　だけど、俺は元々英語が苦手なのにこうも早口で言われてしまうと、何を言われたのか全くわからない。

「なぁ、英語じゃなくて日本語で話してくれよ」

　ということで、日本語で話すように求めてみた。

　それによって、自分が英語で話していると気が付いたフロストさんは、わざとらしくこほんっと咳払《せきばら》いをして、キリッとした表情で俺を見つめてくる。

　しかし、顔は赤いままだ。

「い、いいわよ、別に！　ここで話してあげる！」

　先程の話の流れからいったいどうしてこんな結論になったのかはわからないが、おそらく分《ぶ》が悪いと思ったのだろう。

　こっちも弱みを見つけた以上は、遠慮なく突《つ》かせてもらうつもりだったので、ここで引いたのは賢明な判断だ。

　……まぁだけど、噂では隙が一切ないとても冷たい女子と聞いていたのだが、噂ほど取っ付きにくい印象はない。

　上からだったり、偉そうだったり、圧が強かったりするけれど、こんなふうに初心な反応を見せたりもするなら、親しみやすさはあった。

「それで、いったいどうしたんだ？」

向こうが引いた以上、俺も下手《へた》に突《つつ》いたりはしない。

用があるというのなら、さっさとその用を聞いて話を終わらせてしまおう。

「さっきは不良って言って、悪かったわ……」

「……えっ？」

いったいどんな無理難題を押し付けてくる気なのか。

そう身構えていたのだけど、フロストさんはまさかの謝罪をしてきた。

「だから、悪かったって言ってるの……」

俺が聞き返したと思ったんだろう。

彼女は不機嫌そうにプイッと顔を背けながら、もう一度同じことを言ってきた。

謝ることができる人間だったのか……。

彼女には悪いが、凄く意外だった。

「どういう風の吹き回しだ……？」

「そんな、得体の知れないものでも見るような目をしないでちょうだい。ただ、私が間違いだったと思っただけよ」

もしかして、何かジェシカさんに怒られたのだろうか？

それにしても、こうも素直に謝ってくるなんて……不気味だ。

「まぁ、勘違いだって気付いてくれたのならいいけど……」

正直、別人のようでちょっと怖い。

明日大雨でも降るんじゃないか？

「でも、だからって夜遅くまで遊ぶのはどうかと思うわ」

どうやら、話はまだ終わってないらしい。

おそらく、本題はこちらなのだろう。

結局は文句を言いに来たようだ。

――とはいえ、会ったばかりの時ほどの冷たい感じはしない。

「家族になったばかりで、強制するようなことを言うのもどうかとは思うけど、夜中に遊びに行くのは危険だからやめて」

フロストさんは若干俺から視線を外したまま、不服そうに腕を組みながらお願いをしてきた。

やはり、思い描いていたイメージと少し違う。

聞いていた彼女なら、問答無用で頭ごなしに命令してくるだろうに、意外にもお願いという手段を取っている。

俺が部屋から出るのを待ったりもしていたし、多分悪い子ではないのだろう。

――いや、結構酷《ひど》い性格をしているとは思うけど。

「そっか、ごめん。まぁ不良じゃないから、そこは安心してくれ」

「ええ、不良ではないと思っているわ。軽薄そうな男だけど」

「………………」

えっ、なんでこう、ナチュラルに喧嘩《けんか》を売ってくるんだ!?

さっきの謝罪はなんだったんだよ!?

確かに、軽そうな男と言われたことは、一度や二度ではない。

だけど、決して女子を食い漁《あさ》るようなことはしていないし、なんなら恋愛経験なんて、ゼロだ。

なるべく敵を作らないよう、身なりに気を遣ったり、行動に気を付けたりしているだけで、別に軽い男になりたいわけじゃない。

「あ、あはは、手厳しいな」

俺はモヤモヤとしたものを抱きながらも、作り笑いで対応をした。

本当は言い返したいところだけど、正直フロストさんの性格を摑《つか》みかねている。

もし本当に悪い子でないのなら、義兄妹になったこともあるし、仲良くやっていきたいのだ。

それなら、不要な争いは避けるべきだろう。

「夜、外に遊びに行くのをやめる気は？」

くっ、そう思った矢先に、厄介な質問を……！

「考えておくよ」

これから先も、俺はトレーニングをやめるつもりはない。

衝突したくないからという理由で頷《うなず》いたところで、夜外に出ているのを見つかったら、余計仲が拗《こじ》れてしまうだろう。

だから、そう誤魔化したのだけど――。

「つまり、話を聞く気がないわけね？」

さすがに、これくらいで誤魔化されてはくれないか。

厄介なことになったものだ。

トレーニングをしに出てる――と今更言ったところで、彼女は信じてくれないだろうな。

何より、努力してることなんて、他人に知られたくない。

「そう目くじらを立てるなよ。すぐには無理だけど、おいおいやめるよ」

「いったい夜中に外へ出て、何をしてるのかしら？」

「別に、フロストさんには関係ないだろ？」

「あら、そう言うの？　一応妹として、兄がおかしなことをしていないか、確認する必要があるわ。そう思わない、お兄ちゃん？」

どうやら俺は、彼女に付け入る隙を与えてしまったらしい。

兄妹関係なんて認めてないと思っていたのに、うまく利用してくれるものだ。

向けられている、試すような意地悪な瞳は、そういうのが好きな人にはご褒美になりそうなくらい、魅力的だな。

生憎《あいにく》、俺は全然そっちの気《け》はないのだが。

「家族になったからといって、全て話さないといけないわけじゃないだろ？」

「もちろん、その通りね。だけど、夜中に遊びに行くなんてこと、普通の家族だって止めるわ」

さて、困ったものだな。

言っていることは向こうが正しいので、俺が話すまで退《ひ》かないだろう。

俺の部屋までわざわざ来たのも、リビングなどで話すと、父さんたちに止められると思ったんだろうな。

頭の出来は彼女のほうがいいわけだし、どう誤魔化したものか。

「俺が夜外に出てるからといって、フロストさんたちに危害が及ぶわけじゃない。それじゃあ駄目なのか？」

「あなたに何かあったらどうするのよ？」

「えっ？」

まったく予想していなかった返しに、俺は思わず言葉が止まってしまう。

『べ、別に、兄妹だから心配してあげてるだけで、他意はないわよ……!?』

俺が固まっていると、フロストさんの白く戻っていたはずの顔が、ほんのりと赤く染まり、彼女は焦ったように補足してきた。

しかし、動揺しているせいか英語だったので、何を言われたのかわからない。

『な、何よ、おかしい⁉　家族になったんだから、心配くらいするでしょうが……！』

俺が煽《あお》っていると捉えたのか、更に顔を赤くして、またまくし立てるようにフロストさんは言ってきた。

「俺、英語わからないから、日本語で言ってくれ……」

彼女が必死になって何かを言っているのはわかるが、言葉が理解できない以上どうしようもない。

だから先程のように日本語でお願いすると、フロストさんはハッとした表情になった。

やっぱり、無意識に英語で話しているらしい。

「こほんっ……」

彼女はわざとらしく咳払いをすると、またキリッとした表情で俺の顔を見てきた。

なんだろう、ここまでくると、いっそかわいらしささえあるな……。

冷たい子というよりも、不器用な子に見えてしまうんだが……？

そんなことを考えていると、彼女は俺から視線を逸《そ》らしてしまう。

そして――。

「家族のことを心配するくらい、当然でしょ……」

モジモジとしながら、恥ずかしそうに言ってきた。

「な、なんて……？」

ナニコレ、ツンデレ？


「いや、あの……そっか、心配してくれてるのか……」

もしかして、素直になれなくてツンツンしているだけなのか？

いや、うん……まじで、ちょっとかわいいと思ってしまった……。

「な、何よ、おかしい!?　家族になったんだから、心配くらいするでしょうが……！」

家族になったからといって、昨日まで他人だった相手を心配できる人間が、どれだけいるのだろうか？

そもそも、家族だと認識することすら難しそうだ。

少なくとも、俺はフロストさんやジェシカさんを、家族として認識しようと頑張っている段階であって、まだ他人の感覚が強い。

それなのに、彼女は――。

『――ソフィア、喧嘩は駄目よ？』

顔を赤くしてフロストさんが怒っていると、異変に気が付いたジェシカさんが、階段を上って俺たちのもとに来てしまった。

まぁ、あんな大きな声をあげていれば、廊下くらいなら一階でも聞こえるだろう。

それはそうと、ジェシカさんも日本語じゃなく英語を喋《しゃべ》っている。

声は落ち着いているのに、内心ではジェシカさんも動揺しているのかもしれない。

……そりゃあ、娘と新しい息子が喧嘩していたら、動揺するのも当然か。

やっぱり、彼女たちは普段英語で会話しているらしい。

『別に、喧嘩なんてしてないし……』

『怒るのも駄目よ？』

『だから、そんなのじゃなくて……』

そう言いながら、フロストさんは恨めしそうに俺の顔を見てくる。

英語は苦手なので何を言っているかわからないが、雰囲気から何を言いたいのかはわかった。

多分、俺のせいにしているのだろう。

――いや、俺が悪いのか……？

『とりあえず、あなたのお部屋で話をしましょう。賢人《けんと》君、ごめんね』

『あっ、ちょっと、お母さん……！』

ジェシカさんは困ったように笑いながら、フロストさんの背中を押していく。

そして、フロストさんの部屋へと入っていった。

おそらくは、これ以上何か揉《も》めて俺たちの関係が悪化しないよう、さっさと場を収めたんだと思う。

だけど――。

「絶対、フロストさんに恨まれたよなぁ……」

流れ上、フロストさんが悪者になってしまった。

ジェシカさんは優しいので、本気で怒ったりしないとは思うが……小言は言いそうだ。

……いや、お昼の感じだと、フロストさんには結構怒るのかもしれない。

そうなると、更に俺に対する敵対心が、フロストさんの中で膨れ上がるわけで――。

「これからの生活、本当に大丈夫か……？」

そう不安を抱かずにはいられなかった。

◆

『お兄ちゃんができること、楽しみにしてたのに……どうして、喧嘩しちゃったの？』

背中を押され、私のお部屋に連れていかれると、お母さんは悲しそうに私の顔を見つめてきた。

娘と息子が喧嘩をしたら、悲しむのもわかるけど……正直、喧嘩はしていない。

ただ、若干荒っぽいやりとりにはなっていた。

それは、彼に対する苛立《いらだ》ちが、私の中にあったからだ。

思い返すのは、一ヵ月ほど前――日差しが強い、猛暑日のこと。

私は、黒髪のウィッグを着けてサングラスをし、マスクを着けるという完璧な変装をして、野球場にいた。

そこでは、県大会の準決勝が行われており、私たちの学校が戦っていたのだ。

私は父の影響により、幼い頃から野球が大好きで、この日はわざわざ塾を休んでまで、応援に行っていた。

展開は、投手戦《とうしゅせん》だった。

もちろん、野手の好守備も光ってはいたけれど、お互いのエースがベストに近いピッチングをして、7回まで無失点という展開を生んでいたのだ。

点が入ったのは、8回表――つまり、相手攻撃の時だった。

外野手のミスから生まれた少ないチャンスを相手は逃さず、先取点を取られてしまったのだ。

そして、9回裏――一点差で負けている時に、ドラマが起きた。

《――おいおい、このタイミングで一年生を出すのかよ!? 監督、正気か!?》

二死《ツーアウト》、走者《ランナー》は二塁《るい》のみ。

その状況で代打として、私と同じ一年生が出てきた。

――そうそれが、その数日後にお母さんから教えてもらった、私の兄になるという人物だったのだ。

アナウンスによって名前が伝えられると、応援席からは、保護者らしきおじさんの漏らした声をきっかけに、不安や不満の声が聞こえてきた。

勝ってほしいからこそ、大切な場面で一年生に任せることを、保護者や応援に来ていた一般の生徒は嫌がったんだと思う。

しかし——彼は、たった一振りで、快音と共にその場にいた全員を黙らせてしまったのだ。

一球目のボール球を見送った、次の球だった。

高めに甘く入ったストレートを見逃さず、彼は完璧にバットの芯でボールを捉えた。

打った瞬間、会場がシーンと静まり返り、誰もが息を呑《の》んでボールの行方《ゆくえ》を目で追っていた。

そして、スタンドに入ると——こちらの応援席側にいた全員が立ち上がって、会場が震えるほどの歓声を上げたのだ。

見下していた周りの人間を実力で黙らせ、チームを勝利へと導いた姿は、私の目にかっこよく映ってしまった。

家に帰ってから、録画していたテレビ中継を何度も見返したほどだ。

その時の、バッターボックスに立っている表情は、凄《すご》く真剣——だったのに……！

まさかあんなヘラヘラとする、見た目からして軽薄そうな男だったなんて、夢にも思わなかった……！

お母さんから教えてもらった時に、『運命みたい……！』と思った私のときめきを、今すぐに返してほしいくらいよ……！

『ソフィア？』

準決勝のことや先程のことを思い返していると、お母さんが私の顔を覗《のぞ》き込んできた。

いけない、つい熱く語ってしまっていたわ。

まぁ、心の中で語っていただけだから、誰にも迷惑はかけていないのだけど。

『軽そうな人は、苦手なのよ』

気持ちを切り替え、私は若干笑みを作りながら誤魔化してしまう。

だけど、これも嘘《うそ》ではない。

私がもっとも苦手とするというか、嫌いなのは、軽薄なお調子者なのだ。

私はお父さんの仕事の関係で、五歳の時に日本に渡ってきた。

その頃はまだ日本語を話すことができず、周りの子たちに距離を置かれていたことを、今でも覚えている。

そしてそれだけではなく、周りとは見た目が違い、同じ言葉を話すことができなかった私を、からかってくる子たちがいた。

何を言っていたのかはわからない。

だけど、表情で私を馬鹿にしていることだけはわかった。

それは、小学校に上がってからも続き、中学校でも私の容姿をからかってくる男子はいた。

そういう連中は決まって、騒がしくてうるさい、軽薄なお調子者たちだったのだ。

だから、私は嫌っている。

まぁそんな連中も、冷たくあしらうようになってからは、変な茶々を入れてこなくなったのだけど。

その代わり私は、幼い頃から変わらず独りぼっちのままだ。

『……？』

私がまた一人考えごとをしてしまっていたせいで、お母さんが不思議そうに小首を傾《かし》げてしまった。

本気で怒らせると鬼よりも怖くなるけれど、お母さんは基本的に優しくて、天然が入っている。

きっと、二人のお父さん以外にも、多くの男を虜《とりこ》にしてきたんだろう。

『賢人君は悪い子じゃないから、喧嘩《けんか》を売るのはやめて。言いたいことを伝えるのはいいけど、言い方を考えないと社会に出てから困るわよ？』

お母さんの目から見たら、誰だっていい子になる。

だから、お母さんの目は信用できない。

だけど――そんなこと言ったら凄く怒られるので、言うわけにはいかなかった。

『なるべく善処するわ』

『うん、今はそれでいいと思う。一緒に暮らしていればあなたもすぐにわかるわ、賢人君は素敵な子だって』

本当に、そうなのだろうか？

私はそうとは思えない。

一緒に暮らしていけばいくほど、嫌いになっていく気しかしなかった。

『とりあえず、話はわかったわ。私はなるべく喧嘩しないようにする』

お母さんを怒らせたくないから、喧嘩は避けようと思う。

顔を合わせたら文句を言ってしまいそうだけど……それなら、関わらなければいいだけの話だ。

『うん、約束ね。それじゃあ、私は戻るわ。ソフィアはこれからまたお勉強？』

話が終わったようで、お母さんは笑顔で立ち上がった。

どうやら、怒られずに済んだらしい。

私はホッと胸を撫《な》で下ろしながら、笑顔を返す。

『うん、成績落とすわけにはいかないし』

私は勉強の特待生として、学校側から学費を全額免除してもらっている。

そのため決して成績を落とすわけにはいかず、日々の勉強は欠かせないのだ。

『無理はしないようにね？　勉強ばかりせずに、やりたいことをしたらいいのよ？』

『勉強が、私のやりたいことだから』

自分の我《わ》儘《まま》で今の学校に通っている以上、お母さんに余計な負担はかけられない。

成績を維持するだけで学費がかからないのなら、私は無理をしてでも成績を落とすわけにはいかないのだ。

『……子供は、もっと親に甘えなさい』

なぜかお母さんは、寂しそうな表情でポンポンッと私の頭を優しく叩《たた》いてきた。

時折お母さんはこういう表情をする。

どうして、こんな顔をされるのか――私にはわからなかった。

私が頑張ることを、お母さんは嫌がっているのだろうか……？

部屋を出ていくお母さんの後ろ姿を見つめながら、私はモヤモヤとした気持ちになるのだった。

◆

「フロストさん、ちょっといいかな？」

風呂から上がった俺は、そのままフロストさんの部屋に足を運んだ。

ジェシカさんはリビングにいたので、もう話は終わっているだろう。

せっかくの新婚生活なのに、俺たちのことでこれ以上不安にさせたくないので、俺はフロストさんと仲良くしようと思っている。

……まぁ、彼女は絶対俺に対して恨みを抱いているので、日を跨《また》いで怒りが膨れ上がる前に解消しておきたい、というのもあるのだが。

だけど——。

「あなたと話すことなんてないから」

と、やけに冷たい声で返された。

どうやら、激おこらしい。

「いや、ジェシカさんに勘違いさせてしまったのは悪かったと思うけど、とにかく話をさせてくれないか？」

おそらく彼女は、自分が悪者になったことを根に持っているのだろう。

だから、出てこないのかもしれない。

「別に怒ってない」

「じゃあ、出てきてくれてもいいんじゃないか？」

「あなたと話すのは時間の無駄」

まったく取り付く島もない。

完全に俺を遠ざけようとしているようだ。

う～ん、もしかして俺が外で遊ぶことに関してはぐらかしたのも、根に持ってるのか？

彼女の対応を見る限り、わざと俺に嫌われようとしている節がある。

嫌われることで、俺が関わらなくなるようにしたいのかもしれない。

思えば、噂《うわさ》で聞いたり学校で見たりしたことがあるのは、今の彼女だ。

こうやって、遊びに誘ってくる男子たちを撃退しているのだろう。

「困ったなぁ……」

俺はポリポリと頭をかく。

これでは、彼女と話すのもままならない。

まさか、部屋に閉じこもってしまうとは思わなかった。

怒って閉じこもるなんて――まるで、天岩戸《あまのいわと》に閉じこもったという、天照大御神《あまてらすおおみかみ》だな。

見た目の美しさでは、フロストさんも現実離れしたものがあるし。

噂では、彼女を崇《あが》めている生徒も一部いるのだとか。

――と、冗談はさておき、何か彼女の興味を惹《ひ》ける一芸があればいいのだが、生憎《あいにく》俺は野球以外取《と》り柄《え》がない。

さて、本当にどうしたものか……。

ジェシカさんを連れてくる？

――いや、余計怒りを買いそうだな。

「俺、食べものだとラーメンが好きなんだ。フロストさんは、何が好きなんだ？」

とりあえず、質問を投げてみることにした。

フロストさんは他人に踏み込んでほしくないのだろうけど、周りを拒絶する姿勢を取り続ける彼女と親しくなった生徒は一人もいないらしい。

それはつまり、フロストさんから接してくることを待つのは、無理だということだ。

この手の人間と仲良くするなら、たとえウザがられようと、こちらから絡んでいくしかない。

なんせ無関心よりは、ウザがられるほうがマシなのだから。

関わってさえいれば、攻略の糸口が見つかるかもしれない。

「人間関係には、昔散々苦労させられたからな……今となっては、他人と仲良くするのはむしろ得意分野だ」

誰に話すわけでもなく、俺はそう呟《つぶや》く。

先程投げた質問に対して、返事はない。

話すつもりはないという、フロストさんなりのアピールなのだろう。

だけど、これくらいで諦める気はなかった。

俺は、部屋のドアに背中を預けて座り、再度口を開く。

「俺、勉強苦手なんだよな。父さんは数学教師なのに、中学の時は平均点ギリギリだったんだ。フロストさんは成績凄くいいらしいけど、やっぱり勉強を沢山してるのか？」

「…………」

「得意教科は何？　俺は体育なんだよ。まぁ、勉強とは違うかもしれないけど」

「…………」

「あっ、フロストさんは漫画やアニメとか好きなのか？　もしおすすめがあったら、教えてほしいな」

「…………」

うん、頑《かたく》なに無視をされ続けている。

頑固な子だ。

まぁこれくらいは想定していた。

まだまだ俺も諦めたりはしない。

――それから俺は、雑談交じりに質問を投げ続けた。

結果――。

「ふ、ふふ、なるほどな……！　どこまでも、無視するってわけか……！」

どれだけ質問しようとも、彼女が返事をすることはなかった。

さすがに、寝ているというわけではないだろうが……ここまでくると、やっぱり性格がひねくれてないだろうか？

もういろいろと質問してしまったので、そろそろネタが切れてきたぞ……。

まだしてない質問といえば――。

「なぁ、俺はもう言った通り、野球が好きなんだけど、フロストさんってどんなスポーツが好きなんだ？」

これは、クールな彼女とスポーツというのがなんとなく結びつかず、避けていた質問だった。

しかし、もうネタがなくなっているので、これくらいしか聞くことがない。

これで駄目なら、今日は諦めて――。

「ねぇ、なんでそんなに諦めが悪いの？」

「――っ」

投げた質問の答えではない。

だけど、一時間半ぶりに、彼女は返事をしてくれた。

やっと折れてくれたのかもしれない。

「フロストさんと仲良くしたいから――じゃ駄目か？」

「あれだけ冷たくされて、無視までされて――なんで仲良くしたいと思うわけ？　ドMなの？」

「ドッ――!?」

こいつ、口を開けば悪口しか出てこないのか!?

と、文句を言いたくなるものの、グッと我慢をする。

やっとのことで彼女が喋《しゃべ》ってくれたのに、ここで怒ってしまえば全て水の泡だ。

「さすがにドMじゃないさ。もちろん、Mでもないぞ？」

そう補足をしながら、続けて口を開く。

「家族だから――と言うと、嘘《うそ》になるか。ジェシカさんたちに心配をかけないためだよ」

「………………」

正直に答えると、フロストさんは黙り込んでしまった。

お世辞でも、フロストさんが魅力的だから、と言ったほうがよかったのかもしれない。

しかし、なんとなくだけど……そう答えた場合、彼女との溝は更に深まる気がした。

だから、正直に答えたのだ。

「仮初《かりそめ》の仲良しでいいってわけ？　お母さんたちを心配させないように、表面上仲良くしていれば」

「いや、そうじゃない。仲良くできるなら、したいさ。誰だって、仲が悪いよりは仲良しのほうがいいだろ？」

「……意外と、まともなことを言うのね」

いや、彼女の中で、俺はどんだけ下に見られてるんだ……？

そんなに評価を落とす言動を、彼女が来てからしてしまっていたのだろうか？

わからない。

彼女に関して、わからないというか、理解できないことが多すぎる。

ただ、一つわかったことがある。

痺《しび》れを切らした彼女は、怒るのではなく、俺との会話を選んだ。

やはり、ただ冷たいだけの人間ではないのだろう。

本当に冷たい人間なら、痺れを切らした場合は、《ウザい！》などと怒るはずだ。

「フロストさんにとって、俺はどんなふうに見えてるわけ？」

『……軽薄な男《Frivolous man》』

「えっ？　ごめん、英語はわからないんだ。なんて言ったんだ？」

なぜか急に、フロストさんの返事が英語になったので、俺は意味が理解できなかった。

別に、テンパらせるようなことは言ってないはずだが……？

声も、落ち着いていたし。

「なんでもない」

「誤魔化すってことは、よほど酷《ひど》いことを言ったわけか？」

そうでなければ、誤魔化す必要がないだろう。

「人によっては、誉《ほ》め言葉《ことば》じゃないかしら？」

「どんなことを言ったんだよ……」

少なくとも、フロストさんにとっては誉め言葉じゃないとわかる。

ここまでくると、なんだか面白くなってきた。

「ねぇ、一つ聞いてもいい？」

「散々人の質問は無視しておいて、自分は質問をしてくるんだ？」

空気が軽くなっていることで、俺は茶化すように笑いながら返してみた。

しかしすぐにこれは、彼女を怒らせる悪手だと気付く。

慌てて、訂正しようとすると――。

「これに答えてくれたら、私も答えるわ」

とても意外な言葉が返ってきた。

「わかった、何を聞きたいんだ？」

このチャンスを逃すわけにはいかない。

よほど酷い質問でない限り、俺は答えるつもりだ。

「あなたにとって、野球ってなんなの？」

「えっ……？」

「どうして、野球をしているの？」

なんで、こんなことを聞いてくるんだ……？

彼女の狙いがわからない。

野球なんて彼女に関係がないだろうし、俺について知りたいなら、他にも聞くべきことがある。

それなのに、わざわざ野球をどう思っているのか聞いてくるなんて……どういうつもりなんだ？

「答えてくれないの？」

思考を巡らしていると、彼女は急《せ》かしてきた。

要は、それほど彼女にとって知りたい内容らしい。

狙いはわからないが、答えられないことじゃない。

これで彼女と少しでも距離が縮まるのなら、俺が選ぶべき選択肢は一つだろう。

「生《い》き甲斐《がい》だよ」

「野球は見るのもやるのも好きだし、達成したい目標もある。俺は、野球をするために生まれてきたんじゃないか、とすら思ってるよ」

これは嘘でも誇張でもない。

本当に思っていることだ。

俺から野球をなくしたら、本当に何をしたらいいのかわからなくなってしまう。

「目標って？　甲子園に行くこと？」

「高校のうちに達成したい目標で言うと、甲子園優勝だよ」

もちろん、甲子園には出たい。

だけど、ただ出るだけなんて嫌だ。

出る以上は、優勝をしたいに決まっている。

「甲子園、優勝……」

馬鹿にされるだろうか？

今年の夏は、甲子園に出ることができなかった。

あと一歩というところで、県大会の決勝で負けてしまったのだ。

まずは出てから言え、彼女ならそう言いそうな気がした。

しかし――。

「生き甲斐……？」

「素敵だと思うわ」


彼女が返してきた言葉は、またもや意外なものだった。

ドアがあるため、表情は見えない。

だけど声の弾みようから、彼女が笑っている気がした。

もちろん、馬鹿にするような嫌な笑みではなく、嬉《うれ》しそうな笑みだ。

どうやら俺や学校のみんなは、彼女のことを全然理解できていなかったらしい。

――それからは、約束通りフロストさんは、俺の質問に答えてくれるようになった。

とはいっても、もう遅い時間なので、あまり話はできなかったのだけど。

正直、仲良くなれたかと聞かれると、頷《うなず》けないところではある。

なんせ、終始ドア越しの会話だったのだから。

しかし、まず間違いなく距離は縮んだだろう。

そして、何より――この一件は、俺の中でフロストさんのイメージが、ガラッと変わる出来事だった。

第二章　羨望と嫉妬の眼差し

夏休みが明け、学生たちにとってトップレベルに憂鬱な始業式の日。

夏の暑さがまだ猛威を奮う中、学校は騒ぎになっていた。

「おい、聞いたかよ!?　フロストさんの苗字《みようじ》が変わったらしいぞ！」

「聞いた聞いた！　ソフィア・フロストじゃなくて、白川《しらかわ》ソフィアになったんだろ!?」

「新しい苗字もいいよな！　なんだか、彼女のイメージに合っているっていうかさ！」

こんなふうに、校舎が違う俺のクラスでさえ騒がれていた。

まだ初日だというのに、噂《うわさ》とはここまで広がるのが速いんだな。

「でもさ、俺聞いたんだけど――フロストさんが、賢人《けんと》の家から出てくるところを見た生徒がいるらしいんだが……」

ぎくっ――！

名前を呼ばれ、俺の心臓はドクンッと跳ねる。

「はぁ!?　賢人って、賢人か!?」

そして、話を聞いた生徒たちの視線が、俺に向けられる。

いつかはバレると思っていたが――まさか、初日でバレるとは……。

フロストさんの影響力を甘く見ていたか……？

「けけけ、賢人!? どういうことだよ!?」

当然、同じクラスの翔太《しょうた》も話を聞いており、鼻息荒く俺の前までやってきた。

「落ち着け、翔太……」

「これが落ち着いてられるかよ!? お前、抜け駆けをしたのか!?」

「いや、抜け駆けって……」

「だって、そうだろ!? フロストさんの苗字が白川になったってことは、賢人と結婚をしたってことに――!」

「ならないならない。高校生が、結婚できるわけないだろ?」

とんでもないことを言い出した友人に、俺は溜息《ためいき》を吐《つ》きたくなる。

まさか、こんな誤解をされるだなんて思いもよらなかった。

「じゃあ、なんでフロストさんが白川に!?」

こういう時、翔太の存在は周りからしたら便利だろう。

聞きづらい質問でも、遠慮なく聞いてくるのだから。

おかげで、クラス中が俺たちの会話に耳を澄ませていた。

「父さんが彼女のお母さんと再婚したんだよ。それで、彼女の苗字が変わったんだ」

いつかはバレると思っていたので、話していいかはフロストさんにもちゃんと確認を取っている。

凄《すご》く嫌そうだったけど、誤魔化してバレた時がめんどくさいということで、了承は得ていた。

「はぁ、なんだよその漫画みたいな展開!?　羨ましすぎるだろ……！　だってお前、一つ屋根の下で一緒に暮らしてるってわけだよな……!?」

どうして、こういうことには頭の回転が速いのか。

気付かなくていいのに。

「賢人、俺と代わってくれ……！　俺、彼女のファンなんだよ……！」

いい加減我慢できなくなったんだろう。

男子たちが話に入ってきた。

いや、ファンって……。

別に、フロストさんは芸能人じゃないぞ……？

「俺も代わってほしい……！　俺なんて、入学当初から彼女の追っかけなんだぞ……!?」

それ、下手《へた》しなくてもストーカーでは……？

フロストさんが他人に冷たい原因、こいつじゃないだろうな……？

「ふっふっふ、お前ら考えが浅いな」

流れを変えるかのように、サッカー部のイケメンが眼鏡をクイイッと指で上げる仕草を見せる。

まぁ、眼鏡はしてないんだけどな。

そんな彼は――。

「お兄さん、俺を妹さんに紹介してください！」

右手を差し出して、勢いよく頭を下げてきた。

他とあんまり変わらないじゃないか。

「そうか、賢人をお兄さんと呼べば……！」

「フロストさんと、お付き合いしていることに……！」

「なるわけないだろ。やめてくれ、俺が彼女に責められる」

馬鹿なノリをするクラスメイトたちに、俺は溜息を吐く。

もし俺を口実に近付かれでもすれば、家でどんな報復が待っていることやら。

考えただけでも恐ろしい。

「でも、まじでいいよな〜。だって事故を装って、彼女とお風呂場でバッタリとか、下着が見れたりとかするんだろ？」

頭が痛くなってくる中で、更に痛くなるようなことを平然と翔太が言ってきた。

こいつ、怖いもの知らずなのだろうか？

「万が一そんなことしてみろ。社会的に消されるぞ、まじで？」

たとえ家族であろうと、彼女なら平然とやりかねない。

それはもう、ゴミでも見るようなとても冷たい目で、警察に突き出してくれるだろう。

「事故なのに!?」

「そんな甘い考えを、許してくれるわけないだろ……」

実際、風呂場で鉢合わせとかしないよう、使用中かどうかわかる札をドアに掛けられている。

万が一これを見落として中に入り、彼女の裸を見ようものなら――故意ではない、と
言ったところで通らない。

下着に関しては、まぁ見ようと思えば見れるのだが――洗濯機やかごを漁《あさ》っているとこ
ろを見つかった時のリスクがデカすぎて、やろうとすら思わないのだ。

「人生を終える覚悟がない限り、やめといたほうがいい……」

冗談抜きで、そう思う。

「フロストさん、かわいいのにめっちゃ冷たいもんな……」

クラスメイトたちが盛り上がっているとはいえ、全員が全員羨ましがるわけでもない。

いくらかわいくても、冷たい彼女を恐れる人間や、安全地帯から見ていたい人間はいる
のだ。

「でもさ、家族なら優しくしてくれるんじゃないか？」

そして、淡い期待を抱く者もいる。

漫画やアニメでは、家族になった途端扱いが変わるようなものもあるが、現実がそんな
都合良くいくはずがない。

「俺なんて眼中にないって感じだし、塩対応されまくりで日々胃が痛いけどな？」

「「「「お、おぉ……」」」」

遠い目をしながら答えると、クラスメイトたちが哀れな者を見るような目で、俺を見てきた。

やっと、俺の気持ちをわかってくれたのだろう。

現実なんて、こんなものだ。

その後は、クラスメイトたちはおとなしくなり、俺も解放された。

俺に取り入ろうとしたところで、フロストさんと仲良くなるのは無理だ、とわかったのだろう。

◆

「――でもさ、実際羨ましいぜ？」

練習着に着替え、グラウンドへと出ていると、翔太が言葉通り羨ましそうな目を向けてきた。

「まだ言うのか……？　家族になったところで、彼女とお近付きになんてなれないさ」

「いやいや、わからないだろ？　少なくとも、ただ同じ学校に通うだけの奴《やつ》らより、彼女と近付くチャンスがあるわけだし」

翔太はほんと、メンタルが強いと思う。

入学して早々に彼女から塩対応されてたっていうのに、まだ諦めていないらしい。

「――別にいいが、女に現《うつつ》抜かして俺の球取りこぼすようなことがあれば、殺すぞ？」

翔太と話していると、突然背後から冷たさを感じる声が聞こえてきた。

振り返ると、俺と同じ背丈のチームメイト――黒金《くろがね》柊斗《しゅうと》が、鋭い眼光を俺へと向けてきていた。

学校一の美少女といえばフロストさんだが、学校一のイケメンといえば彼が候補に挙がるくらいには、顔が整っている。

性格は王様気質だが、ストイックで野球命な男だ。

そして、実力も本物。

左腕《さわん》から繰り出される最速147㎞のストレートは、浮き上がるように伸びる最高レベル。

変化球も四つ習得しており、コントロールもいいので、彼を打てる打者《バッター》はそうそういない。

その実力により、一年生なのに夏からエースを任されていた。

聞いた話によると、既にプロのスカウトが目を付けているのだとか。

打者《バッター》としても一流で、いずれは二刀流の選手として世界で活躍するだろう。

そんな彼と俺は、現在バッテリーを組んでいる。

「はは、そんな心配になるほど、普段から取りこぼしそうな捕球《キャッチ》に見えるか？」

空気がピリピリとしてしまっているので、俺は和ませることを意識して笑顔を返す。

「もしそうなら、今頃別の奴が正捕手《キャッチャー》になってるな」

俺の言葉に対し、柊斗は鼻で笑って返してきた。

つまりは、大丈夫ということだ。

いつボールをこぼすかもわからない奴を、正捕手《キャッチャー》になんて使えないしな。

「柊斗、お前な……！　いつも言ってるけど、言い方ってものがあるだろうが……！」

俺は別に気にしていないのだが、翔太は気にしてしまったらしい。

普段から柊斗の厳しい口調が嫌なようで、こうして怒るところは時々見る。

別に柊斗も、悪気があるわけじゃないんだが……。

「優しく言って、何か役に立つのか？　正直に言ったほうが、お互いのためだろ？」

「正直に言うにしても、言い方があるだろって言ってるんだ……！　それに、今のメンバーでお前の球捕《と》れるのは、賢人しかいないんだろ!?　賢人が正捕手《キャッチャー》を辞めて困るのは、お前なんだからな……！」

「別に俺は、賢人に正捕手《キャッチャー》を辞めろだなんて、一言も言ってないだろ？」

柊斗は、こういう奴だ。

思ったことを口にしてしまう、ただまっすぐで口下手な男。

そこに悪意はない。

だからこそ、俺も普通に付き合っていられるのだが。

悪意が多分に含まれているどこかの誰かさんに比べたら、大分優しいだろう。

「は!?　言ってただろ……！」

柊斗の言っていた意味を理解していない翔太は、まだ柊斗に突っかかる。

「俺が言ったのは、取りこぼしそうならレギュラーの捕手《キャッチャー》は、別の奴になっているってことだ」

「だから、それが――！」

「翔太、落ち着いてくれ。俺がレギュラーの捕手《キャッチャー》をしているってことは、取りこぼしそうに見えないってことだよな？」

埒《らち》が明かないので、俺は二人の間に体を割り込ませた。

喧嘩《けんか》なんてしているところを監督に見られたら、三人とも特別メニューを増やされる。

なんせ、笑顔で罰を与えてくるような人なんだからな……。

「そう言ってるだろ？」

俺が言ったことに対し、柊斗は不思議そうに首を傾《かし》げる。

何わかりきったことを――とでも言いたげだ。

「あっ、なるほど……」

翔太も理解したようで、怒りが収まったように頷《うなず》く。

俺的には二人に仲良くしてもらいたいが、人としての相性が悪すぎる気がする。

「もっとわかりやすく言えないのかよ……？」

翔太は不満そうにしながら、柊斗を見る。

「お前が馬鹿なだけじゃないか？」

そして、柊斗も不服そうに応戦してしまう。

「待て待て！　なんですぐ喧嘩しようとするんだ!?」

せっかく止めたのに、また喧嘩が始まったら意味がない。

なんのために止めたんだって話だ。

「こいつがエースだなんて、賢人《けんと》がいなかったらチームが崩壊するぜ」

「俺がいて甲子園に行けなかったら、お前たちのせいだからな？」

「はぁ!?　お前なぁ――！」

「あ～、もうわかったわかった！　いい加減にしないと、監督に叱られるぞ！」

俺は無理矢理二人を引き離す。

このままだと、まじで監督が来てしまうだろう。

そうなれば、連帯責任だ。

「とりあえず話を戻すが、柊斗は安心してくれ。俺だって、野球が何より大切なんだからな。疎《おろそ》かにすることなんてないさ」

俺は、柊斗が気にしていたことに対する答えを返す。

話が終われば、彼も離れるだろうから。

「ふんっ、ならいい。お前が崩れたら、勝てるものも勝てなくなるからな」

柊斗はそれだけ言うと、一人先に行ってしまった。

　ほんと、悪い奴ではないんだが……。

「相変わらず、何様なんだかねぇ……。野球は、一人でやるものじゃねぇぞっての……」

「……いや、それがわかってるからこそ、だろうな……」

　俺は翔太《しようた》に聞こえないよう、呟《つぶや》く。

　野球は、一人が強かったら勝てるというものじゃないのだ。

　アウトを取り続ける投手《ピッチャー》がいたところで、点を取れる打者《バッター》がいなければ絶対に勝てないように、チームメイトの強さは欠かせない。

　だからこそ、周りに自分と同じレベルを求め、ストイックさを求める。

　三年生が抜けた今のチームで、夏の敗戦の悔しさを一番感じているのは、柊斗だろう。

「まぁ、投手《ピッチャー》やる奴は、あんなふうに自信に満ちていたほうがいい。そっちのほうが、試合中は安心感があるからな。何より、実力は本物だよ」

　柊斗がいて甲子園に行けなかったら、俺たちのせいだ——というのは、あながち間違っていない。

　少なくとも俺が知る限りでは、県内一の投手《ピッチャー》は柊斗なのだから。

「相変わらず、賢人は優しくて器《うつわ》が大きいなぁ」

「そんなんじゃないさ。あぁいう、ストイックな奴が好きなだけだ」

　——そう、何も努力せず、頑張っている人間を馬鹿にする奴らより、よっぽどな……。

「賢人？」

一瞬心の中に黒いものが浮かびかけると、翔太が不思議そうに見てきた。

それにより、俺は笑顔を返す。

「いや、なんでもない。それよりも悪いな、部室に忘れものをしたから、先に行っててくれるか？」

「まじか、珍しいな。それじゃあ、先に行っとくわ」

素直な翔太は、笑顔で先に行ってくれた。

相変わらず、いい奴だ。

離れていく翔太の背中を見ながら、俺は深呼吸をする――

「相変わらず、大変そうだね」

――と同時に、また背後から声をかけられてしまった。

見れば、長くて綺麗《きれい》な黒髪を風に靡《なび》かせる美少女が、笑顔で俺を見上げていた。

「九条《くじょう》院《いん》さん、ちわっす！」

俺は頭を下げて、挨拶をする。

彼女の名前は九条院撫子《なでしこ》さんといい、一つ上の先輩だ。

野球部のマネージャーをしている人なのだけど、フロストさんに次ぐ美少女ということで、学校の有名人でもある。

しかし、人気に関して言えば、フロストさんを凌《しの》ぐ断トツの一位だろう。

なんせ彼女は、性格が良すぎるのだから。

噂《うわさ》では、月に一、二回ほど告白をされているらしい。

「はい、こんにちは。賢人君は、いつも二人のお守《も》りをしていて偉いね」

お守り……まぁ、見ようによってはお守りにも見えるのか？

「チームメイトですから、当然かと」

「ふふ、当然じゃないよ。少なくとも、うちの部員で賢人君と同じようにあの二人の面倒を見られる人は、いないと思う」

あの二人というか、主に柊斗だろうな。

実力主義のところがあるし、先輩相手だろうと平然と言い返す奴だから。

翔太に関しては、目を離すと何かやらかす危なっかしさはあるが、基本的に仲良くやれるいい奴だ。

まぁ、何かやらかすところに、呆《あき》れてしまう先輩もいるのだが。

「そんなこと言うと、キャプテンや副キャプテンが泣きますよ？」

「大丈夫だよ、賢人君は告げ口をしないし、悪口を言ったわけではないから」

先に予防線を張られてしまった。

もちろん、俺もわざわざ言うつもりはないし、言ったところでどうにかなるものでもないのだが。

「煽《おだ》てて、何か狙っていますか？」

「私が、そんな策を巡らせるタイプに見える？」

九条院さんは、キョトンとした不思議そうな表情で首を傾げる。

純粋無垢《じゅんすいむく》な瞳に見つめられ、バツが悪くなってきた。

「悪事を企てるような人ではないですが、何か聞きたいことがあるんじゃないですか？」

そうでなければ、わざわざ部活開始前に話しかけてこないだろう。

忙しいだろうに。

「賢人君は、察しが良すぎるよね」

俺の予想が当たっていたらしく、彼女は困ったように笑みを浮かべる。

「もちろん、二人の面倒を見ていることは煽てたわけじゃなくて、ちゃんと思っていることだよ？　でも、話しかける種にはしちゃったね」

俺は後輩なのだから、普通に話しかけてきたらいいのに……。

そんな、話しかけづらい雰囲気でもあるのだろうか？

「それで、何を聞きたかったんですか？」

もうすぐアップが始まってしまうので、俺は用件を尋ねる。

「聞いたよ。賢人君、あのフロストさんと兄妹になったんだって？」

なんとなく、タイミング的にそうではないかと思ったけど……やっぱり、フロストさんとのことが気になるらしい。

清楚《せいそ》でおしとやかな雰囲気を纏《まと》っている上品な女性だけど、彼女だって女子高校生。

こういった噂には興味があるようだ。

「耳が早いですね？」

「学校中で噂になってるもん」

やっぱり、全校中に広まっていると思ったほうが良さそうだ。

帰ったら、フロストさんがグチグチと文句を言ってくるかもしれない。

「家族になったといっても、特に何かあるわけでもないですけどね」

長時間部屋の前で粘ってやっとこさ会話ができたくらいで、あれから特に進展はない。

向こうは塾で忙しいようだし、俺も野球で忙しくて時間が合わない――というわけでもないだろう。

家で一緒にいる時間はあるのだけど、彼女は食事やお風呂以外では、部屋にこもってしまっている。

やっぱり避けられているんじゃないだろうか。

「何かなくても、環境の変化でストレスが溜《た》まることもあるんじゃないかな？　いきなり年頃の異性が家族になった場合は、特にね」

「ん？　フロストさんのことですか？」

ストレスを溜めるということで、フロストさんがストレスを溜めやすいって話をしているのかと思った。

「賢人君のことだよ」

しかし、仕方なさそうに、笑顔で返されてしまった。

俺がストレスを溜める？

……思い当たる要因がありすぎるな……。

「トラブルが起きないように気を遣ったり、今までのんびりとできていた空間がなくなってしまうと、やっぱりストレスにならない？」

「まぁ、めんどくさいな、と思うことはありますよね」

なんだか愚痴を聞いてくれそうな雰囲気なので、遠慮なく思っていることを答える。

「だよね。ましてや、あのフロストさんが相手なわけだし……何かあったら、遠慮なく私に相談して？　誰かに話を聞いてもらうだけでも違うだろうし、何か力になれるかもしれないから」

やはり九条院さんは人が好《よ》すぎる。

チームメイトとはいえ他人なのだから、放っておいてもいいだろうに……こうして、俺を気に掛けてくれているのだから。

「マネージャーだからって、部員のメンタルケアまで気にかけていると、大変ですよ？」

うちの部は強豪校ということもあり、ピリピリとしているところがある。

入部してすぐに脱落者が沢山出るほどにきつい練習や、過激なレギュラー争い。

後輩がレギュラーを取ることに対する嫉妬や、年功序列と言わんばかりの上級生からの圧力。

人それぞれとはいえ、メンタルに結構きている部員は少なくないだろう。

「もちろん私は、部員みんなのメンタルケアができるなんていう、驕《おご》った考えはしていないよ？　というか、メンタルケアができるとも思ってないね。そういったことに対する知識なんて何もないもん。でも、寄り添うことはできると思うの」

だからこうして、話を聞こうとしている、というわけだろう。

「まぁ、味方になってくれる人が一人でもいると、また違うかもしれないですね」

少なくとも、自分一人で思い詰めなくて良くなる。

誰かに相談したことで、活路が見つかるというのも珍しくはないし、そういう意味では九条院さんのような人は有難い。

「うんうん、だよね。私は賢人君みたいにはできないし、賢人君がいる以上、他の部員の子たちは大丈夫だと思ってる。でもね――」

笑い話でもするかのように軽い感じで話していた九条院さんは、そこで言葉を止める。

そして、口元では笑みを浮かべながらも、真剣な目で俺の目を見つめてきた。

「賢人君が悩んだ時、誰が話を聞いてあげるのかなってのがあるの。少なくとも、今はいないんじゃないかな？　じゃあ私が、そういう立場になりたいかなって思った」

俺は少し、ドキッとしてしまう。

それは、ときめきのようないいものではなく、焦りに近い感情でだ。

彼女に心の中を少し、見透かされているのかと思った。

相談という意味では、キャプテンや副キャプテンという頼れる人はいるだろう。

だけど、俺が腹を割って話すようなことは、今のところない。

監督はまた別だけど、大会期間中などに個人的な相談をするのは忍びなかった。

それらを、彼女には見抜かれているのかもしれない。

「そもそも俺、メンタルケアなんてしてませんよ？」

どうするか迷い、俺は話題をずらすことで誤魔化すことにした。

「ふふ、マネージャーを舐《な》めたら、駄目だよ？　ちゃんと部員のことは、練習中や休憩時間、学校での生活態度などで見てるんだからね？」

自信満々に言ってくる九条院さん。

視線を感じることが多々あったのは、そういうことだったのか。

マネージャーというよりも、彼女がそうしているだけの気がするけど。

「当然、賢人《けんと》君が悩んでいそうな部員の子を裏で励ましたり、悩みを聞いたりしているのも知っています」

なんで突然敬語になったんだ？

というツッコミをグッと飲み込む。

多分、大した意味はないだろうから。

「別に、それほど大それたことではないですよ？　単純に、聞いてどうにかなるのであれば――ってだけですし。どうにもならずに辞めていく部員だっていますから、九条院さんが思っているほどのことでもないです」

捕手《キャッチャー》は守備の要《かなめ》であり、試合中にはチームメイトに指示を出したりする。

そういう時に信頼関係が築けていなければ負けに繋《つな》がってしまうし、ネガティブな感情で守備をしてほしくないから、気が付いた時に声掛けをしているだけだ。

それに、上手《うま》い選手がチームにいてくれるのは心強い。

今までパッとしなかった選手が突然開花して伸びることもあるのだし、できるだけ部員に辞めてほしくなかった。

「まぁ、君がどう思っていようといいんだけどね。それよりも、話がずれちゃった。とにかく私は、賢人君が困った時に相談してほしいだけだから、遠慮なく言ってきてね？」

彼女はそう言うと、笑顔で離れていった。

ドリンクや、練習の合間に部員が食べる、おにぎりを作りに行ったんだろう。

変な買《か》い被《かぶ》りをされるのは困るが、フロストさんのことで相談に乗ってもらえるのは、確かに有難いのかもしれない。

彼女は学校でフロストさんと同じ立場にいるのだから、彼女が抱えている不快感を理解しているかもしれないし、女の子という立場での意見ももらえる。

もしフロストさんと何かやばいことになれば、一度話を聞いてもらおうと思った。

「さて、俺も行かないと――」

「け～ん～と～？」

　突然、ガシッと誰かに肩を組まれてしまった。

　次から次へと、今日はなんなんだ……。

　見れば、額に怒りマークを浮かべながら引きつった笑みを浮かべる、我が部のキャプテンだった。

「キャ、キャプテン……？」

「お前、フロストさんとの同棲《どうせい》の件といい、我が部のアイドル、九条院《くじょういん》さんを独り占めしている件といい、四番だからって如何《いかが》なものかなぁ？」

　なぜ、俺が怒られなければいけないいんだ……。

　何も悪くないはずなのに。

「フロストさんとは同棲じゃありませんし、九条院さんはただ悩み相談に乗ってくれようとしただけなので――」

「うるさい、お前のことが前々から羨ましすぎるんだよ……！　罰だ、グラウンド百周してこい！」

「そんな理不尽な!?」

　こうして俺は、罰としてグラウンドを走らされたのだけど――当然、監督が来ると理由を聞かれ、勝手なことをしたキャプテンは怒られてしまうのだった。

　なお、監督曰《いわ》く《美少女にチヤホヤされる奴《やつ》は、男の敵だ》ということで、なぜか俺の個人練習メニューが倍になっていたのだが。

うちの監督は厳しい反面、面白いことや楽しいことが大好きなので、どうやら悪ノリされてしまったようだ。

時々、冗談半分でこういった理不尽なことをしてくる人だし……正直、もう慣れた。

……ちくしょー。

◆

学校が騒ぎになった日の、二十二時半ごろ。

現在俺は、自分の部屋でスマホを弄《いじ》りながら、お風呂が空くのを待っていた。

というのも、またフロストさんに先に入られてしまったのだ。

待っている間は暇なので、海外の野球の記事を見ていたのだけど——。

「なんでここだけ画像なんだよ……！　翻訳できないじゃないか……！」

英語が苦手な俺は、翻訳ツールに頼って読んでいたというのに、選手の発言部分が画像にされていたおかげで、その部分が読めずに困っていた。

一々手入力するのは、めんどくさいし……誰か、代わりに翻訳してくれたらいいのに。

「——ねぇ、ちょっといいかしら？」

コンコンコンと突然ドアがノックされ、不機嫌そうな声が聞こえてくる。

やはり、来たようだ。

「どうしたんだ……？」

俺は恐る恐るという感じで、ドアをゆっくりと開ける。

「どうしたも何も――って、あなたこそどうしたの？　動き変じゃない……？」

明らかに怒りを秘めた表情だったフロストさんは、廊下に出た俺のぎこちない動きを見て、心配そうに声をかけてくる。

やっぱり、悪い子ではないんだよな……。

「大したことじゃないさ。今日の練習がきつかっただけだ」

普段の倍やらされたのだから、そりゃあ筋肉痛にもなる。

『へぇ、頑張ってるんだ』

そんな俺を見て、何やらボソッと呟《つぶや》くフロストさん。

笑みを浮かべているのだけど、もしかして体がボロボロになっている俺を見て喜んでいるのだろうか？

ドS過ぎるだろ……。

「そんなことよりも、何か用事があったんじゃないのか？」

正直立っているのもしんどいため、早く終わらせて座りたい。

だから、急《せ》かしてみた。

「あっ、そうだったわ！　あなた、私との関係をどういうふうに周りに言ってるのよ⁉」

そして、余計なことをしなければよかったと思った。

あのまま忘れておいてもらうべきだったな……。

「どういうふうにって……普通に家族になったとか、兄妹になったってくらいだぞ？」

そう説明をするというのは、事前に彼女へ確認を取っている。

今更文句を言われることじゃないと思うが……？

「じゃあ、なんで私があなたと付き合ってたり、毎日いちゃついてたり、わ、私が――あなたに甘えまくってるってことになってるのよ⁉」

「はぁあああああ⁉」

顔を赤く染め、恨めしそうに言ってきた彼女に対し、俺は思わず声を荒《あら》らげてしまう。

「ど、どういうことだよ⁉」

「どうもこうも、私のクラスとかではそういう噂《うわさ》が立ってるの！　スポーツコースの人が言ってたって聞いたわよ……！」

スポーツコースと言われ、一瞬翔《しょう》太《た》の顔が頭を過《よぎ》る。

もしかして、あいつが勘違いで言い触らしたのだろうか？

……いや、さすがにそういうことはしないはず。

もしかしたら、面白おかしく周りが作り話をし、それを聞いた他の生徒たちが信じてしまったのかもしれない。

「俺がそんな嘘《うそ》を言うわけないだろ……？　俺に得がないじゃないか」

「どうだか？　私と付き合いたくて、外堀を埋めようとした可能性だってあるわよね？」

フロストさんは腕を組みながら、赤くした顔で馬鹿にするように見てくる。

いったいその自信はどこから来るんだ――とツッコミたくなるが、学校一の美少女ということで、周りからチヤホヤされてるせいだろう。

過去に、そういう手を使って彼女に近付こうとした男がいるのかもしれない。

「実際そうだったとして、外堀を埋められた程度でフロストさんは付き合うのか？」

思い込みは厄介なので、どう彼女の誤解を解くか考えた俺は、嚙《か》み砕いて説得することにした。

「ありえないわね」

「だろ？　そんなこと、やらなくてもわかるはずだ。だから、俺がわざわざ手を回して外堀を埋めようとする必要がない」

「…………」

俺の言葉を聞き、不服そうにフロストさんはこちらを見つめながら考える。

これで、わかってくれるといいが……。

「でも、みんな面白おかしく、噂を立ててる……。それが、凄《すご》く嫌……」

一応俺は悪くないとわかってくれたようで、不満を打ち明けてくれた。

元々話題にされていた子だし、こうして噂をされるのが嫌なのもわかる。

俺ですら、困っているのだし。

「まぁ噂は放っておくしかないだろ。俺だって、羨ましがられたり、嫉妬されたりで大変だったしさ」

「あら、鼻が高いじゃない」

「…………」

おかしいな、二人とも苦労をしているという話だったはずなのに、自信満々に返されてしまった。

いや、確かに人によっては、そういうのが気持ちいいのかもしれないが……。

「苗字《みようじ》が変わっただけで学校が騒ぎになるんだから、さすがだよ」

なんだか納得がいかなかったので、少しチクッとした言葉を返してしまう。

しかし――。

「相手が、あなただったせいでしょ」

不服そうに目を細められてしまった。

「えっ……？」

よくわからず、俺は首を傾《かし》げてしまう。

「あなたそんなに察しが悪くて、よく捕手《キャッチャー》ができるわね？」

おかげで、鼻で笑われてしまった。

おかしいな、なんで馬鹿にされてるんだ？

それに――。

「どうして、俺が捕手《キャッチャー》だって知ってるんだ？」

彼女に話したことは一度もないはず。

それなのに、なぜ彼女は捕手《キャッチャー》だと限定してきたんだろう？

「――っ!?」

俺の指摘により、フロストさんは息を呑《の》む。

そして、途端に慌て始めた。

『たまたま、周りが言ってるのを聞いただけよ……！』

英語で話してきているので、やっぱり動揺しているようだ。

何か都合が悪いことがあったのか……？

「何言ってるのかわからないけど、なんで慌ててるんだ……？」

心当たりがないので、尋ねてみる。

『別にあなたに興味があるとか、元から見てて知ってたとかじゃないから、勘違いしないでよね……！』

うん、全然何言ってるかわからない。

まくし立てるように早口だし、英語が苦手なので全く聞き取れなかった。

「落ち着かないと、またジェシカさんに怒られるぞ？」

あまりにも声を荒らげているので、このままではジェシカさんが上がってきてしまう。

やはりあの人のことは怖いのか、フロストさんはハッとしておとなしくなった。

そして、顔を赤くしながら恥ずかしそうに俺の顔を睨《にら》んでくる。

「俺、悪くないだろ……」

彼女が勝手にテンパっていただけで、俺が何かしたわけじゃない。

謝らないといけないようなこともしてないので、どうしたらいいかわからず、俺は持っていたスマホに視線を落とす。

すると――。

「あれ……？」

何やら、俺の視線に釣られてスマホの画面を見て、フロストさんがキョトンとした表情で首を傾げた。

「どうした？」

「英語、わかるんじゃない」

どうやらスマホに映っていた英語を見て、彼女は勘違いしたようだ。

「いや、わからないぞ？　サイトのほうで勝手に翻訳してくれてるから、読めてるだけだからな」

「でもそれ、英語じゃない」

彼女は怪訝《けげん》そうな表情で、俺のスマホを指さす。

「これ、画像だから翻訳できないんだよ……。だから、読めなくて困っているんだ」

読めるなら、こんなモヤモヤとした気持ちになっていない。

「ふ～ん……」

フロストさんは、再度スマホの画面をジッと見つめる。

おっと、これは？

「《世間は私のことを凄い凄いと言うし、結果だけを見れば、私の記録は凄いのかもしれない。だけど、守備は投手《ピッチャー》である私一人でやっているものではない。チームメイトのファインプレーに救われたことは何度もあるし、チームメイトが点を取ってくれるからこそ、勝利投手《とうしゅ》になれる。結果に対して、全て自分の力だと過信した時点で、チームスポーツでは終わりだ》って書かれてるわね」

彼女はわざわざ、翻訳をしてくれた。

全て英語を日本語に翻訳するわけではなく、ところどころ英語を交えたのは、俺にわかりやすくしてくれたんだろう。

英語はフロストさんにとってお手のもの。

最初から、彼女に訳してもらえばよかったのか。

「さすがだな……」

『――っ。遊ぶことばかりしてるから、こんなのも読めないんでしょ！』

褒めると、フロストさんはプイッと顔を背けた。

よくわからないけど、多分表情と声の荒さ的に、文句を言われたんだと思う。

頬がほんのりと赤いのは、先程テンパっていたのを引きずっているんだろう。

こういう憎たらしいところがなくなってくれたら、彼女との生活も悪くないんだけどなぁ……。

第三章　二人きりの生活

solitary flower

「――それじゃあ、賢人《けんと》、ソフィアちゃん、父さんたち行ってくるな」

学校が始まってから、二週間が経《た》った木曜日。

父さんとジェシカさんは、新婚旅行に行こうとしていた。

「二人とも、仲良くしてね。何かあったら、すぐに電話してくれたらいいから」

ジェシカさんは、俺とフロストさんだけを残すのは不安なんだろう。

俺たちが言い合いみたいなことをしているところも見ているのだし、それも仕方がないのだが……。

「大丈夫ですよ、フロストさんと仲良くして待っていますから」

「えぇ、私たち仲良しだから」

せっかくの新婚旅行なんだ。

今まで世話になった俺たちは、ちゃんと両親に楽しんでもらいたい。

だから、仲良しを演じていた。

もちろん、内心は凄く不安なのだが。

「最近、仲良く食事をしたり、話をしたりしてるものね」

新婚旅行に行くと聞いてから、両親の前ではそう見えるよう演じていたおかげで、ジェシカさんも信じてくれたようだ。

二人は安心した笑みを浮かべながら、家を出て行った。

それによって——。

「お母さんたちがいないからって、変なことしないでよね？」

とても冷たい目を向けられる。

本性を出すのが早い。

「俺は命知らずじゃないぞ？」

二人きりで邪魔が入らないとはいえ、下手《へた》なことをすれば彼女から社会的に消されてしまう。

お風呂を覗《のぞ》いたり、下着に手を出したり、あわや押し倒すようなことがあれば——平気で、警察に突き出されるはずだ。

翔太《しょうた》のような後先考えずに行動することは、俺にはできない。

「どうだか。男って獣《けだもの》だもんね？　誰も見てなかったら、いきなり襲ってきそう」

フロストさんは自分の体を抱きしめ、ジト目を向けてくる。

まさか、本当に俺が手を出すとでも思っているんだろうか？

「その言い方だと、そういうのを期待されてるように聞こえてしまうな」

少しイラッと来たので、意趣返しをしてみた。

『は、はぁ!?』

俺が言い返してくるのが予想外だったのか、それとも図星だったのか。

フロストさんは顔を赤くして、甲高い声を上げた。

てっきり冷たい目を返してくると思っていた俺は、彼女の反応に息を呑んでしまう。

こういうのを見せられるから、調子が狂ってしまうのだ。

「わざわざ言葉にしてくるってことは、そういうのを期待しているんじゃないのか？」

いつもはこういう時俺が引くのだけど、今日は少し言い返してみることにした。

彼女は今動揺しているのだし、勝てるかもしれない。

『ば、ばっかじゃないの!?　寝言は寝てから言ってくれる!?』

――と思ったけど、英語で言い返されるので、勝ち目なんてなかった。

何を言われてるのかさえわからないのだから、反論のしようがない。

これ、ずるいよなぁ……。

「悪かった悪かった。それよりも、朝ご飯食べないと遅刻するぞ」

有休で休んでいる父さんたちと違って、俺たちは普通に学校がある。

特に俺は朝練があるのだし、あまりゆっくりはしていられない。

遅刻するわけにはいかないので、そろそろ支度をしないと。

『あなたから言っておいて、勝手にやめないでくれる!?』

「英語わからないんだって」

「あっ……ごめん……」

迫ってきたフロストさんに対し、困ったように笑いながらツッコミを入れると、彼女はシュンとしながら謝ってきた。

もう何度もしてしまっているやりとりだし、さすがに本人もバツが悪くなってきているんだろう。

「その、英語で喋《しゃべ》るのはやっぱり癖なのか？」

「えぇ、まぁ……幼い頃はずっと英語だったし、日本語を喋れるようになってからも家では英語だったから、勝手に出ちゃう……」

普段は意識して、日本語を喋っているんだろう。

そうなると、勝手に出てしまうのも仕方がない。

「ごめん、気を付けるから……」

こういうふうに素直に謝れることも、意外なんだよなぁ……。

「いいんじゃないか、別に」

「えっ……？」

フロストさんは、意外そうに俺の顔を見てくる。

「そりゃあ、相手に伝わらないのは問題があるだろうけど、逆に言えば下手に喧嘩《けんか》が悪化することもないわけだろ？　いったんそこで言い合いが止まるわけだし、悪いことばかりじゃないと思う」

当事者になると、何を言われてるかわからないから困るし、日本語で話してくれ――と思うけど、冷静に考えるとそのおかげで熱が体から放出されていた気がする。

少なくとも、英語でフロストさんが何かまくし立てるように言ってきた時、彼女は多分怒っているんだろうけど、俺は何も嫌な感情を抱くことはなかった。

しかし――。

「何、それ……意味わかんない……」

フロストさんは口に右手の甲を当てながら、俺から顔を逸《そ》らしてしまう。

今回は意識して気を付けたのか、それとも動揺をしていないのか。

日本語で呟《つぶや》いたので、何を言われているのかわかってしまった。

どうやら、共感はしてもらえなかったようだ。

それはそうと――。

「……なんで、頬が赤くなるんだ……？」

彼女の頬の赤みは引いていたのに、また赤くなっていたので聞いてみる。

だって、話の流れ的に赤くなるのはおかしいし。

『赤くなってないから……！　どんな目をしてるわけ!?』

だけど藪蛇《やぶへび》だったようで、キッと睨まれてしまった。

英語に戻っているし、かなり動揺しているようだ。

「悪かったよ。とりあえず、ご飯を食べよう」

彼女はまだいいが、朝練がある俺は本当に時間がない。

本当は、晩ご飯のことも相談したかったけど……この調子だと、更に拗《こじ》れそうだ。

晩ご飯のことは夜相談するとして、さっさと食べて家を出よう。

そう思った俺は、朝ご飯を食べていたのだけど――。

「…………」

目の前に座るフロストさんから、凄《すご》く睨《にら》まれてしまうのだった。

絶対、根に持ってやがる……。

◆

「――あれ、賢人まだ帰らないのか？」

部活終わり、駅の改札口とは別のところに向かって歩いていると、チームメイトが声をかけてきた。

「あぁ、ちょっと用事があってな」

これから、フロストさんを迎えに行かないといけないのだ。

というのも、彼女はこの駅から徒歩十五分ほどの塾に通っているのだけど、夜遅くに終わるため普段はジェシカさんが車で迎えに行っている。

今日は彼女が旅行でおらず、夜道は危険だからということで、最近仲良くしてるように見えた俺が迎えに行くよう、ジェシカさんからお願いされていたのだ。

　とはいっても、今は二十時半過ぎ。

　平日彼女の塾が終わるのは二十一時だそうだから、少し待たないといけないのだが。

「……女の匂いがする」

「そんなわけないだろ。ほら、もう電車来るぞ」

　勘がいいチームメイトをあしらい、俺は彼女の塾へと向かう。

　そうして待っていると――。

「本当に、来てる……」

　塾から出てきたフロストさんに、とても嫌そうな顔をされた。

「さすがにその表情は酷《ひど》くないか？」

　わざわざ迎えに来たというのに……。

「だって……」

　フロストさんは、周りの塾生へと視線を向ける。

　彼女が何を言いたいのか、すぐにわかった。

「えっ、あの人ってフロストさんの彼氏!?」

「フロストさんって、男いたんだ……！」

「誰も寄せ付けない雰囲気があるのに、どうやって落としたんだろ!?」

　彼女は学校だけでなく、塾でも注目されているんだろう。

　男が迎えに来たことで、彼氏だと勘違いされてしまったようだ。

「頭が痛い……」

「いや、これは……悪かったよ」

なるべく塾の近くで待っていたほうがいいと思っていたけど、気を利かせて離れた場所で合流すればよかった。

「友達に誤解されちゃったな……」

「別に、友達なんていないし……」

「…………」

騒ぐ割に誰も話しかけてこようとしないから、そんな気はしたけど……彼女は、塾でも浮いているらしい。

本人は、辛《つら》くないのだろうか？

「そんなことよりも、晩ご飯どうする？　外食にするか？」

空気を変える意味もあって、そう尋ねてみる。

「外食……」

しかし、フロストさんの反応は微妙だった。

外食がいいのか、それとも嫌なのかわからない。

「どうした？」

「私、あまり外食したことない……」

あぁ、なるほど。

ほとんど経験がないから、いいかどうかもわからないのだろう。

「じゃあ、外食にしてみよう。どっちみち、ご飯作れる人がいないし」

今まで家事はジェシカさんがやってくれていた。

俺は部活があるし、フロストさんは勉強があるから——ということでしてくれていたのだ。

ジェシカさんだって仕事があって大変だろうに、俺たちは甘えさせてもらっている。

そのため俺たちは家事をする機会がなく、二人とも料理はできない——と思っていたのだけど……。

「私、料理できるし」

フロストさんは、拗《す》ねたような目を向けてきた。

「えっ、できるのか!?」

「お母さんたちが再婚する前は、私も朝ご飯とか塾が休みの時に一緒に作ってたから、できるわよ。馬鹿にしてるの？」

言葉にしている通り馬鹿にしたと思われたのか、今度は冷たい目を向けられてしまう。

彼女が料理する姿なんて一度も見たことがないが、ジェシカさんと一緒に料理していたなら確かに上手《じょうず》そうだ。

再婚してから手伝っていないのは、少しでも父さんとジェシカさんが二人きりになれる時間を、作っているのかもしれない。

「じゃあ、作ってくれるのか？」

「……明日の朝ご飯を作る。今日は外食にしましょう」

いや、明日の朝ご飯かよ……！

と、思わずツッコミたくなるが、グッと我慢をした。

今まで彼女がいなかった俺は、女子の手料理を食べる機会など、それこそ調理実習の時しかなかった。

野球部で振る舞われるのは、おにぎりなのでノーカウントだ。

だから、こうして女の子が自分のために手料理を作ってくれるという機会は、大切にしたかった。

それこそ、あのフロストさんが作ってくれるというのだから、貴重だ。

「それじゃあ、明日の朝頼むよ。今日は何が食べたい？」

「聞かれても、よくわからないし……」

本当に、外食の機会がなかったんだろう。

ジェシカさんがちゃんと料理を作ってくれるし、外食するような友達もいないようだから、それも仕方がないのだけど。

「それじゃあ、ファミレス行こうか」

ファミレスなら、いろんな食べものがある。

外食初心者の彼女でも、食べたいものは見つかるだろう。

「んっ……」

納得してくれたようで、フロストさんはコクッと頷《うなず》く。

珍しく、しおらしい態度になっている。

慣れてないから、緊張しているのか？

そう疑問に思いながら、ファミレスに向かうと――。

「………」

入口で、フロストさんが後ろから俺の服の袖を指で摘《つ》まんできた。

「ど、どうした？」

らしくない態度に、俺は動揺してしまう。

「えっ――あっ……！」

彼女は無意識に俺の服を摑《つか》んでいたらしく、自分の行動に気付くと慌てて指を離した。

そして、ほんのりと顔を赤くしながら、ジト目で俺を睨んでくる。

いや、俺何も悪くないだろ……。

「心配しなくても、取って食われたりなんてしないさ」

どう見ても緊張しているようなので、俺は笑顔で緊張を解《ほぐ》そうとする。

「別に、どうってことないし……」

そう言うフロストさんは、強がっているのが丸わかりだった。

ツンデレ――とは違うんだろうけど、こういうところはかわいらしいと思う。

素直じゃないという意味では同じなのに、自分が何か攻撃されるわけじゃないから、そう思えるのかもしれない。

中に入った俺たちは、テーブル席へと案内される。

「…………」

フロストさんは、メニューを真剣に見ていた。

こういうのを見ると、新鮮さを感じる。

俺は自分が注文するのを決め、フロストさんが決めるのを待つ。

こういう時は変に聞いたりしないほうがいいだろう。

急《せ》かしているように捉えられかねないからな。

そうやって待っていると——。

「ねぇ」

彼女から声をかけてきた。

「決まったのか？」

「そうじゃなくて……あなたは、どれにするの？」

どうやら、俺が何を頼むか気になるらしい。

「この、チーズチキンイタリアンステーキだな」

俺はメニューにある、チーズが沢山乗ったチキンステーキを指さす。

「おいしいの？」

「俺は好きだぞ」

だから頼むわけだし。

「ふ～ん……」

フロストさんは、再度見つめて考える。

そして――。

「じゃあ、私もそれにする」

俺と同じものを注文することにした。

「いいのか？」

「どれがいいかよくわからないし、目移りしちゃうから、あなたと一緒のにしてれば間違いはないでしょ？」

確かに、よくわからないのであれば、知っている人間に合わせるほうが失敗は少ない。

自分しか信じず、我が道を進みそうな彼女にしては、意外な選択だ。

「…………」

しかし、やはり他のほうがいいのか、またメニューを見つめてしまう。

「他のがいいのか？」

「そうじゃないけど……これ……」

次に彼女が指さしたのは、パンケーキにチョコソースとホイップクリームが乗ったものだった。

バニラアイスもついており、とてもおいしそうに見える。

「デザートで、頼めばいいじゃないか」

わざわざ言ってくるってことは、食べたいんだろうし。

「でも、結構値段がする……」

税込みで五百円くらいするので、デザートとしては高めだろう。

だけど、こういう時くらいいいと思う。

「たまにはいいんじゃないか？　お金なら、持ってるし」

ちゃんとジェシカさんたちは、食費を置いて行ってくれている。

これくらいの値段なら、問題ないレベルだ。

だが――まだ何かあるのか、フロストさんは悩んでしまう。

「外食は滅多にしないんだろ？　来た時くらい、いいと思うぞ？」

何を悩んでいるのかわからないけど、食べたいなら食べたほうがいい。

それで怒るような人はここにはいないし、困ることもないのだから。

「……だって、これ食べると……太る……」

ボソッと何かを呟《つぶや》いたフロストさん。

生憎《あいにく》、声が小さすぎて俺は聞き取ることができなかった。

「ごめん、なんて言ったんだ？」

「……」

純粋に聞いただけなのに、なぜか顔を赤くして睨《にら》まれてしまう。

あれ、俺何か地雷を踏んだか……？

「えっと……？」

「耳、貸してよ……」

周りに聞かれたくないのか、チョイチョイッと手招きをされる。

言う通りに耳を近付けると——。

「こんなの食べちゃったら、太っちゃうでしょ……」

コソッと、彼女が気にしていることを教えてくれた。

彼女の吐息が耳にかかり、くすぐったさが襲ってきたが、なんとか声に出すのは我慢する。

「意外と気にするんだな……」

「悪い？　私だって女の子なんだけど？」

俺の返しが気に入らなかったようで、フロストさんはキッと睨んでくる。

煽《あお》ったつもりはないんだが……。

「いや、フロストさんってめっちゃ細いから、気にしなくてもいいんじゃないかなって」

彼女は同世代に比べて、かなりスラッとした体形をしている。

少なくとも、太る太らないを気にしないといけないレベルではないだろう。

『——っ。そ、そういう、お世辞をサラッと言うところが、苦手なのよ……！』

体形に関して触れたせいか、またフロストさんがテンパった。

ほんと、意外と弱いんだよな……。

もし今の彼女と先に知り合っていたら、学校で噂《うわさ》される孤高の華というのが信じられなかったかもしれない。

それだけ、彼女はすぐ動揺して隙だらけだ。

「とにかく何度も言うけど、たまにはいいと思うぞ？」

もう彼女が英語で何か言っても流すようにした俺は、思っていることを再度伝える。

だけど、流されたのが気に入らなかったのか、顔を赤くしているフロストさんはジィーッと俺を睨んできた。

女子の扱いは難しい……。

「もう注文するぞ」

取り合っていると責められそうなので、俺は呼び出しボタンを押す。

そして、チーズチキンイタリアンステーキのライスセットを二つと、パンケーキのチョコソース添えを注文した。

「勝手に注文した……」

まだ食べると決めていなかったフロストさんは、不服そうに俺を見てくる。

「まぁまぁ、いいじゃないか」

彼女が食べないようだったら、俺が食べればいいだけの話だ。

まぁ、彼女は食べるだろうけど。

「――お待たせしました」

まずは、チーズチキンイタリアンステーキとご飯が届く。

「自分で切るのね……」

「食べやすいサイズに切ればいいさ。切り方はわかるか？」

「……馬鹿にしてるでしょ？」

親切心で尋ねると、ジト目が返ってきた。

さすがに、チキンステーキの切り方は知っているか。

家で食べることだってあるのだし。

「親切心だから、怒らないでくれ」

「別に、怒ってないけど……」

そう言いながら、彼女はチキンステーキにナイフを入れる。

「柔らかい……」

すんなりナイフが入ったことに驚いたのだろう。

「味もおいしいぞ」

俺がそう言うと、フロストさんは《ふーふー》と息を吹きかけて冷まし、パクッと口へと入れる。

「ほんと、おいしい……」

モグモグと咀嚼《そしゃく》をした後、とても意外そうにしていた。

どういうのを想像していたんだろうか？

「ジェシカさんの手料理もおいしいけど、外食もいいもんだろ？」

喜んで食べてくれているように見えたので、ついわかったふうに言ってしまった。

それにより、再度ジト目を向けられる。

「そう言うあなたも、外食はあまりしないんじゃないかしら？」

一緒に暮らしているから、食生活は同じだ。

当然、俺が外食をしていないのは把握されている。

父さんが再婚する前もあまり外食はしなかったので、要は図星だった。

「遠征とか合宿とかで、野球部のみんなで食べに行ったりはするからな……」

気を遣って、友人とは言わなかった。

顔に出さないだけで、心の中では気にしている可能性があるし。

「そういうマウント取り、良くないと思うわ……」

「いや、これは違うだろ……」

なんで、ふてられないといけないのか。

一応気は遣ったはずなんだが……。

その後は食べているうちに彼女の機嫌は良くなり、俺はホッと胸を撫《な》で下ろした。

それだけおいしかったのだろう。

そして、デザートであるパンケーキが来ると――。

「…………」

フロストさんはテンションが上がらないように我慢するが、途端にソワソワとして待ちきれないようだった。

やっぱり女の子だし、甘いものが好きなんだろう。

俺は黙って、彼女が食べるのを見つめる。

フロストさんはパンケーキを食べやすい一口サイズに切ると、まずはホイップをつけて口へと運んだ。

「お、おいしい……！」

「――っ」

パンケーキを口にした瞬間、パァッと表情を輝かせたフロストさんを見て、俺は思わず息を呑《の》んでしまう。

普段冷めたような表情をしている彼女が、不意に見せた笑顔は半端ない破壊力だったのだ。

思わず、かわいすぎるだろ……と思ってしまった。

「何、見つめて……。ほしいの？」

彼女の笑顔に見惚《みと》れていると、訝《いぶか》しげな視線を向けられる。

「いや、そういうわけじゃないけど……」

「……はい」

「えっ？」

なぜか彼女は、パンケーキに自身が使っていたフォークを刺し、俺に差し出してきた。

ご丁寧に、ホイップとアイスも付けてくれている。

「一口なら、あげるわ」

一口あげるって……これ、間接キスでは……？

そう思うものの、ここで指摘するとフロストさんがテンパる未来が容易に目に浮かぶ。

店内で騒がれたらかなわないため、俺は余計なことを言わず、彼女の厚意に甘えることにした。

結果――。

「うわ、ラブラブだ……」

「人前であ～んするなんて、凄《すご》い……」

ガラス越しの隣の席に座っていた私服姿の女の子二人が、顔を赤くしてこちらを見ていた。

年齢的には、俺たちに近い気がするけど……同じ学校じゃないことを、心底願う。

「～～～～っ！」

彼女たちの言葉で、フロストさんは自分がしたことに気付いたんだろう。

言葉にならない声をあげて、悶《もだ》え始めた。

『ち、違うから……！　今のはわざとやったわけじゃなくて、無意識っていうか、そんなの意識してなかったっていうか――！』

フロストさんは一生懸命英語で話しかけてくるが、多分言い訳をしているんだろう。

何を言っているか全然聞き取れないのに、なんとなく雰囲気と流れでわかった――気がする。

『ありえないありえないありえない……彼と間接キスしちゃうなんて、ありえない……』

目の前では顔を真っ赤にしたフロストさんが何やらブツブツと言っているので、怖くて仕方がない。

家に帰ってから俺、消されたりしないよな……？

まじで心配になるレベルだ。

「ほ、ほら、早く食べないと、せっかくのアイスが溶けちゃうぞ？」

あまりにも怖かったので、彼女がご機嫌になるようパンケーキへと誘導してみる。

それ以外に、対処法がわからなかった。

『そ、そうね……。私たちの間には何もなかった。そう、何もなかったのよ……』

フロストさんはパンケーキをまた食べ始めたので、多分納得してくれたんだと思う。

だけど、英語のままなので、動揺は収まっていないようだ。

むしろ、平然とした態度でパンケーキを食べることによって、動揺を隠そうとしているように見えてしまう。

――いや、全然隠せてはいないんだけど。

◆

「いい!? あの間接キスは忘れてよ!? 私にそんな気はなかったんだから……!」

ガランッと静まり返った電車の中で、フロストさんの怒りを帯びた声が響き渡る。

こんな気がしたので人がいない車両を選んだのだけど、人がいたほうが彼女も声を抑えてくれたかもしれない。

「わかってるって……」

「本当にわかってる!?」

彼女は赤くした顔で何度も確認をしてくる。

しつこいんだよなぁ……。

まぁ、ムキになる気持ちがわからないわけでもないんだけど……。

「何度確認されても、わかったしか言えないぞ……?」

ちゃんと頷《うなず》いているのに、これ以上どうしろと言うのだ。

「はぁ……あなたが、食べなければよかったのに……」

「いや、始めたのは君だろ……?」

別に俺は食べさせてなんて言ってないし、食べたいとも言っていない。

彼女が勝手に勘違いをして、俺に食べさせようとしただけだ。

……まぁ、俺が間接キスに気付きながら、乗ってしまったせいもあるんだが……。

「あなたが、食べたそうにしたのが悪い……」

「あれは、フロストさんに――」

そこまで言いかけて、俺はハッとする。

危ない。

いったい俺は、何を口走りそうになっているんだよ……。

「私に、何よ？」

せっかくすんでのところで止めたのに、目聡《めざと》い彼女は突いてきた。

俺が言葉を止めたことで、こちらに都合が悪いことだと気付いたんだろう。

「……なんでもない」

「何、隠さないといけないことなの？　いったい何を言おうとしたのかしら？」

自分が優位に立てると思ったのか、フロストさんはニヤニヤとしながら顔を覗《のぞ》き込んでくる。

多分言葉にすると、恥ずかしい思いをするのは俺よりも彼女なのだけど――話の流れから、気付いてほしい。

「言えないことなのかしら？」

俺が口を閉ざしていると、《早く言え》とでも言わんばかりに彼女は顔を近付けてくる。

やっぱり、ドSだろう。

「顔、近い……」

「——っ!?」

思ったことを口にすると、一瞬にして彼女の顔は赤くなる。

こんなに顔を近付けてくるなんてらしくないとは思ったけど、やっぱり無自覚だったらしい。

『ななな、何考えているのよ、えっち！』

うん、相変わらず何言っているかわからないけど、多分表情から罵倒されてるようだ。

でも、腹が立たない。

やっぱり、テンパると英語が出てしまうのは悪いことばかりではないと思う。

「ごめんな」

「——っ！」

なんだか可笑《おか》しくなってしまい、俺はつい笑顔で謝ってしまった。

それにより、フロストさんは再度息を呑んで、プイッと顔を背ける。

その頬は、なぜか先程よりも赤みが増していた。

『何よ、その笑顔……。別に私だって、あなたが本気で悪いと思ったんじゃなくて、ただ勢いで言ってしまっただけっていうか……ごめんなさい……』

何やらブツブツと言っていたのだけど、当然英語なのでほとんど何言われたかわからない。

ただ、最後に謝られたってのはわかった。

《sorry《ソーリー》》くらいは、さすがにわかるからな。

こうしてフロストさんと話す機会が増えれば増えるほど、元々の彼女のイメージが崩れていく。

本当に悪い子じゃなくて、ただ不器用なだけの気がする。

これなら、何かきっかけさえあれば、打ち解けることができるんじゃないだろうか。

俺は、未《いま》だにこちらを見ようとしないフロストさんの横顔を見ながら、そう思うのだった。

◆

電車を降りた後のこと――。

田舎に住む俺たちの道路は、街灯によって溥《うっす》ら明るかったり、街灯すらない暗闇だったりするので、街中のように明るいわけではない。

夜遅くともなれば、みんな家に入って寝ていたりするので、外はシーンと静まり返っている。

そのせいで、人によっては夜道が怖いと思うのだろうけど――。

「…………」

フロストさんも、そういうタイプの人間らしい。

駅を出てすぐに、コッソリと俺の服の袖を指で摘《つ》まんできていた。

──いや、それは反則だって……！

と、心の中で叫んでしまう。

彼女のようなクール系美少女が、不安げに服の袖を摘まんでくるのは、まじでずるいと思う。

こんなの、ギャップがありすぎるだろ。

正直、かわいすぎる。

「──ねぇ」

「ど、どうした？」

突然声をかけられたので、俺はドキッとしながら尋ねる。

「何か面白い話、してよ」

そして、まさかの無茶ぶりをされてしまう。

「なんで急に……？」

「別に、深い意味はないけど……」

もしかして、怖くて気を紛らわせたいのだろうか？

それなら、何か面白い話を——って、できるはずがない。

そういうのは俺の苦手分野だ。

「パッとは出てこないな……」

「つまらない男……」

「うぐっ……！」

ボソッと呟《つぶや》かれた言葉に、俺はダメージを受けてしまう。

どうせ呟くなら、いつものように俺が聞き取れない英語で言ってほしい。

というか、彼女は独り言の場合英語で呟くと思うから、わざと俺がわかるように呟いたんだと思う。

「そういえば、部活のほうは順調なの……？」

よほど黙り込んだ状況は怖いのか、彼女のほうが話を広げてきた。

しかも自分のことじゃなく、俺に寄り添った話題を振ってきているので——素直に、俺は驚いている。

「順調とは？」

せっかく話を振ってくれたのだから、俺だって話を広げたい。

だから、彼女がどういう意味で聞きたいのか、尋ね返した。

「えっと……大会、とか？」

現在は、夏休み終わりから秋季大会の地区予選が行われていた。

トーナメントではなくリーグ戦で行われており、リーグで一位になれば県大会出場が決定し、二位だった場合は別リーグで同じく二位になった高校と試合をして、勝てば県大会が決まる仕組みになっている。

ちなみに、一応俺たちの学校のラスト試合は、明後日《あさって》行われる予定だ。

まぁ彼女は、現在大会が行われているってことも知らないだろうけど。

「実は、今って大会期間中なんだ」

『それくらい、知ってるわよ……。だから聞いたんじゃない……。まぁ、結果も知ってるんだけど……』

何やら悪態をつくような態度で、ボソッと呟くフロストさん。

何か気に障ることを言ったか……？

「へぇ、そうだったのね。興味ないから知らなかったわ」

再度俺の顔を見てきた彼女は、なぜか嘲笑《あざわら》うかのような笑みを浮かべていた。

今の間にどんな心境の変化が起きたのかわからず、ちょっと怖くなる。

熱でもあるんじゃないか？

「興味がないなら、やめるけど……」

「そこまで話したなら、話しなさいよ」

話をやめようとすると、ムッとされてしまった。

言うほど、気になるようなやめ方はしてないと思うが……？

多かれ少なかれ興味がある人間なら、大会が行われていると聞けば結果が気になるかもしれないけど、彼女は興味がないのだし……。

しかし、目で《話せ》と言ってきているので、やめることもできない。

「まぁ、今のところ全勝だから、少なくともリーグで二位以上は決まってるよ。次勝てば問題なく一位で県大会に行けるな」

興味ないのなら、細かく説明しても嫌だろうと思い、簡潔に説明をした。

「ふ〜ん、うちの学校って野球強かったのね。凄《すご》いじゃない」

やはり彼女は興味がないようで、なんの大会なのか、とか、なんでリーグなのか、とか聞いてこなかった。

それどころか、うちが強豪だということすら知らなかったようだ。

昔からよく甲子園に出ているので、野球をしていない小中学生でも知っていることが多いし、なんなら学校で表彰とかもされているんだが——野球どころか、周りに興味がないんだろう。

一緒に暮らしている感じでは、勉強命のようだし。

「一応これでも、夏の県大会準優勝校なんだが……」

「そういえばそうだったわね、忘れてたわ。でも——」

そこまで言いかけて、彼女はハッとしたように言葉を止める。

「やっぱり、なんでもない……」

そして、バツが悪そうに顔を逸《そ》らした。

「いや、そこで話をやめられるほうが、気になるだろ……？」

俺が止めた話より、よっぽど気になる。

「さすがにこれは、まずいと思うから……」

どうやら彼女は、良心的何かで言葉を止めたようだ。

今まで容赦なく毒を吐いておきながら、今更何を――と思ってしまう。

「俺が怒るってことか？」

「そりゃあ、怒るでしょうね……」

そんなことを言われたら、より気になってしまう。

いったい何を言いかけたのやら。

「怒らないから、教えてくれよ」

「そんな言葉、信じられるわけないでしょ」

ごもっとも。

少なくとも俺は信じないな。

親や教師がよく使う言葉だが、それで怒られなかったことのほうが少ない。

「大丈夫だ。他の奴《やつ》ならともかく、フロストさんとの約束は守る」

だって、後が怖いから。

絶対根に持たれるし、仕返しをされる気しかしない。

それなら、おとなしく怒りを我慢したほうが、百倍マシだ。

『な、何よ、その……私だけ、特別みたいな言い方……』

彼女は足を止め、プイッと顔を逸らしてしまう。

薄暗いのでわかりづらいが、ほんのり頬が赤くなっている気がしないでもない。

時々、なんで彼女がこういう態度を取るのかわからない。

日本語がちゃんと伝わっていない時があるのだろうか？

――いや、さすがにそれはないと思うが……。

フロストさんがいつから日本にいるのかは知らないけど、彼女の話す日本語はとても流《りゅう》暢《ちょう》だ。

日本語がわからないという場面も見たことがないし、現代文だけでなく古典でも彼女は成績がトップ。

今更、日本語がわからないってことはないだろう。

わからないものがあるとすれば、それは日本人でさえ意味を調べなければわからないような、熟語やことわざだと思う。

「帰らないのか？」

雑談をしていたというのもあり、家まであと少し。

だけど彼女が足を止めてしまっているので、このままでは帰れない。

「…………」

まぁおかげで、かなり不満そうに睨《にら》まれてしまったけど。

「そう睨むなよ……」

「あなたには、言いたいことが沢山あるわ」

それは、俺に対してかなり怒りを溜《た》めている、ということだろうか？

罵詈雑言《ばりぞうごん》が飛んできそうだ。

「話、戻すわよ。怒らないって言ったんだから、怒らないでよ？」

だけど彼女は、文句を言ってくるのではなく、俺の質問に答えてくれるようだった。

俺としても、罵詈雑言を浴びせられるより、その《怒るかもしれない話題》のほうがいい。

「あぁ、約束は守るよ」

俺が頷《うなず》くと、彼女はゆっくりと口を開ける。

「準優勝も十分凄いと思うけど……準優勝では、甲子園に出られないわよね……。その価値は、優勝とかなり違うと思う……」

なるほど、どうして彼女が言葉を止めたのかわかった。

確かに人によっては、怒る話題だろう。

それだけ、繊細な話だ。

「フロストさんの言いたいことはわかるよ。優勝と準優勝、一つしか変わらないのに、そこの差は天と地ほどあるかもしれない。それだけ、球児にとって甲子園に出られるかどうかは、違うんだ」

甲子園に行けるのは、県でただ一校のみ。

準優勝では、甲子園への道を閉ざされてしまうのだ。

甲子園の舞台を目指して、三年間――いや、リトルやシニア、ボーイズや中学野球などから目指している人間からしたら、青春のほとんどを注いだのに、届かなかったことになる。

そのショックは計り知れないだろう。

夏に決勝で敗れた際の三年生たちの涙は、今でも忘れない。

「本当に、怒らないのね……」

俺の返しが意外だったのか、しみじみとした様子でフロストさんは言ってきた。

「野球部でもない奴に言われたくない――なんて言う奴もいるかもしれないけど、俺は別にフロストさんが言っていることが間違いだとは思わないし、共感すらするからな。それに対して、怒ることはないだろ？」

「…………」

フロストさんは黙り込み、ジッと俺の顔を見つめてくる。

何を考えているか全然わからないが、怒っている様子はないので、気にしないでも良さそうだ。

──なんて、言ってられない。

彼女は仮にも、学校一の美少女と呼ばれているような子だ。

当然、容姿はとてもかわいい。

今までは辛辣《しんらつ》な態度が多かったし、そもそも嫌そうな顔ばかりされていたので、なんとも思わなかった。

だけど、今は──普通の女の子みたいに、嫌悪感を出さずにジッと見つめられているので、俺の鼓動は速くなってしまった。


おかしい……なんで俺、フロストさんにドキドキしているんだ……？


「な、なんだよ、急に見つめてきて……？」

「別に、深い意味はないわ……」

そう言って、フロストさんは顔を背ける。

それ以上彼女は何も言わず、二人とも黙りこんでしまったので、シーンと静まり返ってしまう。

静寂に場を支配され、俺たちの間にはかなり気まずい空気が流れた。

何か言わないと──そう思い、俺は急いで口を開く。

「まぁでも、だからこそ甲子園に出場するってだけで、価値があるんだと思う。準優勝ですら出られないのは凄く厳しいなぁとは思うけど、出られる時に得られる達成感も凄いんじゃないか？」

俺は甲子園に出たことがないから、あくまで想像にはなる。

だけど、県大会で優勝して甲子園出場を決めた時の選手や監督、そして周りの喜びようはお祭り騒ぎだ。

それだけ価値があり、嬉《うれ》しいものだと思う。

「私もそれは思うわ。だけど――」

彼女はそこで言葉を止め、再度俺の顔を見てくる。

「あなたの目標は、甲子園出場じゃないんでしょ？」

そう言ってきた彼女の表情は、とても温かいものだった。

口元を緩めながら、優しい眼差《まなざ》しで俺の顔を見てきている。

俺の言ったことを覚えていたことも意外だし、こんな表情を向けられるのも意外だ。

いったいどれだけ、俺の知らない彼女がいるんだろう……。

「そうだな。俺の目標は、甲子園優勝だから」

「口だけじゃないこと、期待しているわ」

先程一瞬見せた優しい表情は消え、意地悪げな表情で彼女は俺を見てきた。

「さっ、とっとと帰りましょ。お風呂に入らないといけないし、洗濯だってしないといけないから」

再び前を向いたフロストさんは、どこか機嫌が良さそうに見えた。

コロコロと表情が変わり、今日だけで彼女のいろんな面を見た気がする。

そうして彼女のことを知っていくのは――不思議と、俺に高揚感を生んでいた。

「あぁ、お風呂に入らないとな」

だから、笑顔で彼女の言葉に合わせたのだけど――。

『――っ⁉　一緒に入るって意味じゃないからね⁉』

なぜか彼女は顔を真っ赤にして、怒ってきた。

もしかして、一緒に入ろうとしているとでも思ったのだろうか？

……いや、まさかな。

付き合ってもないのに、一緒に入るなんていう発想になるわけがない。

でも、だったらなんで彼女は、またテンパっているのだろう？

顔の赤みも、先程より断然増した気がするし……。

「落ち着きなよ……」

『これが落ち着いていられるわけないでしょ……！　いい⁉　勝手に入ってきたら怒るからね、このえっち男……！』

うん、なんで更に興奮するんだ？

よくわからないけど……喋《しゃべ》れば喋るほど怒りそうなので、放っておいたほうが良さそうだ。

その後は、キンキンキャンキャンと英語でまくし立ててくるフロストさんを軽く流しながら、俺は家へと入っていった。

◆

『やらかした……』

自分の部屋に戻った私は、頭が冷えたことで頭を抱えていた。

何をどう聞き間違えたら、《一緒にお風呂に入ろう》と言われているように思うのか。

ファミリーレストランでの一件といい、今日の記憶はどこかに投げ捨てたい。

それくらい、私にとってありえない失態だった。

『そもそも、彼に気を許しすぎてるのよ……』

確かに、若干……ほんの少しだけ、見直しはしている。

家族になったばかりの時は軽薄そうな男にしか思えなかったのに、家の中で私に気遣った行動をしているし、無理に私のテリトリーに入ろうともしない。

一般的な女好きの軽薄そうな男《彼ら》とは、違うんだろう。

何より、部屋のドアを挟んでした会話で、彼の野球に対する想《おも》いは嘘《うそ》に思えなかった。

甲子園出場ではなく、甲子園優勝を目指しているという姿勢には、感心すらする。

強豪校の練習に音《ね》を上げずレギュラーを勝ち取っているところから見ても、口だけの男ではなく、根性のある人間だと思った。

そして、練習後で疲れているはずなのに、嫌な態度を取る私をわざわざ迎えに来てくれたり、ファミリーレストランでは私の気持ちを汲《く》んでくれたり、帰り道でも私の考えを否定せず受け入れてくれたり――今振り返ってみても、いい人……なのかもしれない。

――だけど、私に取り入りたくて、そう振る舞っているだけの可能性は十分にある。

むしろいい人そうに接してきて、気を許した女の子を食べるのなんて、軽薄そうな男《狼》の常套《じょうとう》手段だろう。

それなのに、私はパンケーキでご機嫌になって《あ～ん》をしたり、夜道が苦手だからって彼の服の袖を摘《つ》まんだり――彼の思うつぼになっているのかもしれない。

気を引き締め直して、冷淡に接するのも手だけど――。

『ここはあえて彼に取り入り、様子を見てみるのもありね……』

私が彼に寄り添った時、まんまと術中にはまった、と思って本性を出すかもしれない。

そうなればすぐに遠ざけ、もう二度と気を許さなければ済む話だ。

もし本性を出さなくても、先程してしまった私の失態は取り返せるだろう。

そう思った私は、リビングに戻ることにした。

◆

「――部活の練習着、出して」

部屋に戻って落ち着いたフロストさんは、リビングに戻ってきて手を差し出してきた。

「えっ……？」

「えっ、じゃないわよ。どうせ土の汚れがついてるんでしょ？　それを洗ってからお風呂に入るから、先に出してちょうだい」

どうやら、俺の練習着を彼女が洗ってくれるらしい。

……あの、フロストさんが？

いったいどういう風の吹き回しだ……？

裏がありそうで怖いんだが……。

「てっきり、俺が自分で洗うものかと……」

「いつもはお母さんが洗っているんでしょ？　あなた洗濯とかの知識が疎《うと》そうだし、仕方ないから私が洗ってあげるわよ」

「いや、遠征や合宿の際に自分で洗うこともあるから、さすがに知ってるぞ……？」

高校に入ってからは、マネージャーがいるのでマネージャーが練習着やユニフォームを洗ってくれるが、中学までは自分で洗っていた。

それどころか、先輩のも洗わされることもあるので――知識がないはずがない。

「――っ。とやかく言わず、早く出す……！　効率よくやらないと洗濯が終わらないし、私が早く寝られないじゃない……！」

なぜか彼女は、自分が洗うのを譲らないようだ。

俺が要領悪いとでも思っているのだろうか？

英語ではないから動揺をしていないようだし……言葉にしている通り、多分効率よくやりたいだけだろう。

「それじゃあお言葉に甘えるよ、ありがとう。でも、汗臭いとかで怒るなよ……？」

今でこそイメージが段々変わりつつあるが、少し前までの彼女なら、自分から言い出したにもかかわらず平気で怒りそうだ。

それどころか、罵詈雑言《ばりぞうごん》を浴びせてきそうなイメージさえある。

さすがに、今は――

「それは怒るわ」

――一緒だった。

「怒るのかよ!?」

おかしい、理不尽すぎる。

「ふっ、冗談よ。汗をかいてるってことは、それだけ頑張ってるってことでしょ？　怒ったりしないわ」

フロストさんは鼻で笑い、笑みを浮かべた。

しかしその笑顔は嫌みなものではなく、楽しそうなものだった。

「…………」

俺は思わず、彼女を見つめてしまう。

冗、談……？

あのフロストさんが、冗談を言っただと……？

明日、大雨どころか大雪が降るかもしれない。

――まだ夏だけど。

「何よ……？」

フロストさんはほんのりと頬を赤く染め、不服そうにジト目を向けてくる。

俺が心の中で思っていることを見透かされた――のではないだろう。

単純に、見つめていたから睨《にら》まれたようだ。

「いや、フロストさんって冗談言うんだな……」

「私だってたまには言うわよ。極々稀《ごくごくまれ》に」

それは、ほぼ言わないのでは？

実際、彼女が冗談を言うところなんて、初めて見る。

「普段から言えばいいのに」

「柄《がら》じゃないわ」

確かに、頻繁に冗談を言うフロストさんなんて、想像がつかない。

もし言いまくってるところを見たら、顔だけソックリな別人を疑う。

それくらい、彼女が冗談を言うのは珍しい。

「そんなことよりも、練習着を早く出して」

ただでさえ遅い時間なのに、これ以上遅くなりたくないんだろう。

急《せ》かされ、俺は慌てて練習着を出す。

すると――。

「くんくん……」

なぜか彼女は、練習着を嗅ぎ出した。

「おいっ!?」

何してんだ、この子!?

「凄《すご》い匂《にお》い……」

「当たり前だろ!?」

汗を沢山かいていたのだから、練習着に染み付いた汗は凄いだろう。

当然、臭いも凄いことになっており、自分で嗅ぐのも嫌だ。

「……とりあえず洗っておくから、あなたはさっさと自分の部屋に行きなさい」

「えっ、なんで?」

部屋に戻るよう急かされた理由がわからず、俺は尋ねてしまう。

「いつも自分の部屋にいるじゃない」

彼女の言う通り、確かに普段は自分の部屋にいることが多い。

だけどそれは、新婚である父さんとジェシカさんを二人きりにしてあげるためだ。

今は二人ともいないのだから、彼女がお風呂から上がるまでここで動画を見ていればいいんだが……。

「俺がいると、都合が悪いのか？」

そう尋ねると、フロストさんはムッとする。

「お風呂、覗《のぞ》かれそうで怖い」

なるほど、警戒をされているわけか。

今まで覗いたことなんてないし、危機感を抱かせるようなこともなかったはずだが、帰宅中のやりとりが尾を引いているのかもしれない。

それに、二人きりになったのは今日が初めてなのだから、父さんたちがいないことで危機感を覚えているのもあるだろう。

ここは、素直に従ったほうがいいか。

「わかった、何かあったら呼んでくれ」

俺はそう言って、自分の部屋に戻った。

しかし――。

「やば、鞄《かばん》を忘れた……」

スマホしか持たずに部屋に戻ってしまったため、リビングに鞄を置いている。

風呂に入った後一緒に持って上がればいいと思うが、フロストさんに鞄を気付かれるとうるさそうだ。

今ならまだ取りに戻っても怒られないだろう。

そう思って、リビングに戻ると――

『…………』

――まだ、彼女がいた。

てっきりすぐに脱衣所のほうに行くと思ったのに、なんで練習着を持ったままボーッと立っているんだろう？

そう疑問に思いながら、声をかけようとすると――

『くんくん……やっぱり何度嗅いでみても、凄い匂い……。でも……意外と、嫌な臭いじゃないっていうか……』

――彼女がボーッと突っ立っているのではなく、練習着の匂いを嗅いでいることに気付いた。

んんっ!?

なんでまた匂いを嗅いでいるんだ!?

思いもよらない衝撃的な光景に、俺は思わず固まってしまう。

『…………』

彼女はそのまま、一心不乱に匂いを嗅ぎ続けている。

いや、うん。

何これ、いったいどうなってるの……？

誰か教えてほしい。

それくらい、俺にはフロストさんの行動が理解できなかった。

「あの……？」

『えっ!?』

声をかけると、飛び跳ねるかのような勢いで驚きながら、フロストさんは俺のほうを振り返った。

『ち、ちがっ……！　別に、癖があるけど意外といい匂いだな、とか、癖になるなとか、思ってないから……！　こんなもの、臭くてかなわないわよ……！』

俺の存在に気が付いた彼女は、顔を真っ赤にしながら必死にまくし立ててくる。

一生懸命何かを言っているので、俺が戻ってきた理由を聞いている感じではなく、むしろ言い訳をしているように思えた。

かなり慌てているが、もしかして匂いを楽しんでいた……？

いや、まさかな……？

そんな、変態じゃあるまいし……。

『私、これ洗ったりお風呂入ったりしないといけないから……！』

「あっ、おい……！」

彼女は突然、練習着を持ったまま逃げるように部屋を出て行った。

どうやら、脱衣所のほうに行ったようだけど……。

「まじで、何がなんなんだ……？」

俺は彼女の理解できない行動に、首を傾《かし》げるしかなかった。

◆

『はぁ……はぁ……まさか戻ってくるなんて……。思わず、逃げちゃったじゃない……』

脱衣所に逃げ込んだ私は、胸を手で押さえる。

バクバクと、うるさいくらいに鼓動は高鳴っていた。

走ったせいなのか、それとも——。

『そ、そもそも、この服が悪いわ……！　こんな——い、いい匂いをさせてるんだもん……！』

私は、腕に抱えている彼の練習着へと視線を向ける。

汗が染みこんで強烈な匂いをしているのに——なぜか、嗅げば嗅ぐほど、放しがたくなる。

おかしい。

絶対にこれおかしい。

本当にこれが、汗の匂いだっていうの……？

正直、もっと嫌悪感を抱くと思っていた。

それなのに——この匂いは、私の鼓動を速め、体を熱くさせる。

『そういえばこの匂い……彼の体からも、ほんのりしてたわね……』

彼はまだお風呂へ入っていないので、乾いた汗がついている。

スプレーか何かで匂いを誤魔化しているようだけど、それでも少しだけ匂いが残っていた。

もしかして、そのせいで……？

——いやいや、ない！

それだけはない！

彼の匂いだからって、私が興奮するとか——そんなの、あるはずがない……！

私は一生懸命首を横に振って、考えを吹き飛ばした。

だって、そんなの……あるわけがないもの……。

『とにかく、これを洗わないと……』

洗うのがちょっともったいない——と一瞬頭を過《よぎ》った気がするけど、きっと気のせい。

私は、そんな変態じゃない……はず。

そうよ……今までこんなこと、一度もなかったんだから……。

普通に考えて、ありえないわ……。

そう自分に言い聞かせ、強引に気持ちを切り替えた。

『えっと、確か——』

私は、コッソリとお母さんが洗うところを見ていたのを思い出しながら、彼の練習着についた泥や砂を落としていく。

ある程度落ちると、今度は水で泥を浮かせる。

そうやって、見よう見まねでもみ洗いをしていった。

――バクバクとうるさい鼓動を、気にしないようにしながら。

◆

「――上がったわ。あなたもさっさとお風呂に入ってちょうだい」

自分の部屋にいると、ドア越しにフロストさんが話しかけてきた。

あの後は動揺した彼女に変な因縁《いんねん》を付けられないよう、自分の部屋に戻っていたのだけど、彼女は気にしてすらいない様子だ。

あんなことがあった後だというのに、さすがクール系美少女だな……。

「あぁ、入るよ」

「……くんくん」

「――っ!?」

部屋から出ると、すれ違う際にいきなり匂いを嗅がれてしまった。

何をしているんだ、この子は!?

「ちょっ、なんで匂いを嗅いで!?」

『べ、別に、汗臭いって思っただけよ……!』

ツッコミを入れると、明らかに動揺した様子で返してくるフロストさん。

えっ、もしかしてまじで、俺の汗の匂いを気に入っているのか……?

いきなり匂いを嗅いできたり、ツッコミを入れると動揺していたり、一人にしたら俺の練習着の匂いを嗅いだりと——どう考えても、そうとしか思えなかった。

『ほら、早くお風呂入ってってば……!』

彼女は未《いま》だ英語で喋《しゃべ》りながら、俺の背中を押してくる。

多分、さっさと風呂に入れ、と言っているんだろう。

「入る！　入るから、そんな押すなって！」

照れ隠しかのように思いっきり押してくるので、俺は慌てて止めた。

さすがに踏ん張りを利かせれば押されたりしないのだけど、階段付近でテンパっている彼女をそのままにするのが怖い。

『私が匂いフェチとか、そんなことないからね……！　変な誤解しないでよ……！』

いったいさっきから何を、一生懸命言い訳しているんだろうか？

こういう時は、やっぱり英語だと困るかもしれない。

「フロストさん、いったん落ち着いてくれ……！」

「あっ……」

俺の声で、やっと我に返ったんだろう。

暴走していたことに気付き、彼女の顔がカァーッと赤くなる。

――いや、さっきと同じ轍《てつ》を踏む流れじゃないか！

「大丈夫だ、俺は何も見てないし、聞いてもない。とりあえず、お風呂に入ればいいんだろ？」

かなり強引ではあるが、彼女がこれ以上恥ずかしさで暴走しないよう、無理矢理話を変える。

「え、えぇ、お風呂入ってくれないと、洗濯機回せないし……」

話題が変わったことで頭を切り替えるのに成功したのか、フロストさんは日本語で話し始めた。

全く……クールな彼女も厄介だが、こちらのテンパりまくる彼女にも手を焼かされる。

だけど――後者のほうは、全然悪い気がしない。

むしろ、時々かわいいと思うことすらあるのだから。

「服だけ入れて、洗濯で回してね。タオルとか下着は、いつも通りかごに入れてくれてたら、私が――」

そこで、何かに気が付いたように言葉を止めるフロストさん。

嫌な予感がする。

「私の下着、間違っても触ったら許さないわよ……？」

そして、とても冷たい目を向けられてしまった。

普段俺たちの家では、まず服が洗濯で洗われる。

その後、服を風呂場へと干し、タオルや下着などを洗濯機に入れて、洗濯乾燥で回すのだ。

だから、最初洗濯機に入れるわけにはいかない下着やタオルなどは、洗濯かごに入れる決まりになっている。

今回も同じ手順でやるんだろう。

つまり、先に風呂へと入った彼女の下着は、洗濯かごに入っているわけだが……。

「今まで手を出してないんだから、出すわけないだろ……？」

「わからないいじゃない。今日はお母さんたちがいないんだし。というか、今まで触ってたって、私にはわからないし」

やはり、二人きりという空間で危機感を持っているようだ。

触っても彼女にバレない状況ですら手を出していないのだから、今後も手を出さないと信じてほしいところだが……される側は、そうも言ってられないんだろう。

「まぁ安心してくれ。そんなリスクを冒すようなことはしないから」

翔太《しょうた》じゃないのだから、冒険をしたりなどしない。

リスクに対してメリットが釣り合っていないとも思うし。

「匂いを嗅いでも許さないからね!?」

「嗅ぐかぁ！　俺は変態じゃないぞ!?」

とんでもないことを言われたので、思わずツッコんでしまう。

しかし――。

「うるさいわね……！」

なぜか、怒られてしまった。

「えっ、なんで怒られるんだ……？」

話の流れが理解できず、俺は首を傾げてしまう。

あの流れでは、俺が否定するのは当然のはず。

それなのに、どうして怒られたんだ……？

「い、今のは、なし……」

やはり、俺は間違っていなかったんだろう。

気まずそうに彼女は顔を逸《そ》らした。

「なしって……そんなのありか……？」

「あり……じゃないと、困る……」

いったい何が困るんだろう？

あのまま話を続けると、都合が悪いことでもあるんだろうか？

あえて困らせて、仕返しをしたい気も出てくるが――さすがに、可哀想《かわいそう》だな。

「なら話を変えるけど、洗濯ものを干すのはやっておくぞ？　下着じゃないし、別にそれくらいは触られても大丈夫だろ？」

元々遅い時間だった上に、今日のフロストさんはいつも以上に長風呂だったので、これ以上遅くなると彼女の睡眠時間がなくなってしまう。

俺の練習着を洗ってくれたのだし、洗濯ものを干すくらいは俺がしたほうがいい。

明日の朝ご飯も、彼女が作ってくれるわけだし。

「いいわよ、それくらい……。あなたは明日も朝練があるんでしょ？　私は家を出るのが遅いわけだし」

「出るのは遅くても、いつも朝ご飯に合わせて起きるから、早起きだろ？　それに、作ってくれるなら、尚更《なおさら》起きる時間は早くなるわけで……」

「体を動かすあなたと、椅子に座ったままの私では負担が全然違うから、大丈夫よ」

彼女は、意外と世話焼きなのだろうか？

いや、もしかしたら他人に頼るのが下手《へた》なのかもしれない。

俺に任せられるところは任せたらいいのに、全て自分でしようとしている。

「授業中、眠たくなったりしないのか？」

「舐《な》めないで。あなたたちとは違うわ」

「うっ、まぁそれは……」

特別進学コースの彼女たちは、授業も集中して聞いているんだろう。

逆に俺たちスポーツコースは、授業中ウトウトする生徒が多い。

もちろん、寝たりすれば監督などにチクられて怒られるので、みんな頑張って起きようとはするのだが。

それでも、興味がない授業は起きておくのが辛《つら》い。

気が付けば、意識が遠のいている時がある。

「それに私は、どうせ勉強でまだ起きてるし」

「まじか……塾で沢山勉強しただろうに、まだやるんだな……」

彼女がいつも部屋にこもる理由として、ジェシカさんから《勉強をしてるの》とは聞いていた。

だから、塾から帰ってきても勉強をしているのは知っていたが、こんな遅くまでしているとは知らなかったのだ。

部屋からなかなか出てこないから、いつ寝ているのかも知らなかったし。

「トップをとっても驕《おご》らず、勉強を頑張るのは凄《すご》いな」

スポーツでも勉強でも、努力をする奴《やつ》は好きだ。

勉強ができるところを鼻にかけているが、その見え方も変わってくる。

頑張って結果が出ているなら、そりゃあ自慢もしたくなるだろう。

『……別に、私の要領が悪いだけだから……。これくらいしないと、トップでいられないのよ……』

しかし、彼女はなぜか表情を曇らせ、自虐的な笑みを浮かべた。

何か、不安なことでもあるのだろうか？

「……努力ってさ、誰にでもできるわけじゃないんだ」

彼女が何を呟《つぶや》いたかわからないし、どうして暗い顔をしているのかもわからない。

ただ、自虐的に浮かべた笑みを見て、自然と口からその言葉が出ていた。

「急に、何……？」

当然、脈略のなかった言葉にフロストさんは怪訝《けげん》そうな表情をする。

「努力が嫌いな人はいるし、頑張ろうと思っても続かない人もいる。頑張っていたのに、結果が出ずにやめる人だっているんだ。そんな中、続けられているフロストさんは偉いと思う」

これは取り繕ったり、言い寄ろうとしたりする嘘《うそ》ではない。

本当に、思ったことだ。

「私の場合、結果が出てるし……」

「努力を続けたから、結果が出たんじゃないのか？」

「――っ」

俺の言葉に、彼女は息を呑《の》んだ。

心当たりはあるんだろう。

異常とも取れるほど頑張る彼女を見た時に、《努力をしないといけない》と思っているんだと考えた。

そういう人間は、結果を出すには努力が必要だと思っていることが多い。

同類だから、彼女の考えがわかったのかもしれないが。

「別に、必ずしも結果が出たからって、努力のおかげとは限らないでしょ……？」

彼女は意図しているのか、それとも無意識なのかはわからないが、話の焦点をずらしてくる。

だけど、わざわざ聞くということは、どちらにせよ気になっているんだろう。

だったら、俺も答える必要がある。

「確かに、世の中には大した努力もせずに結果を出す、所謂《いわゆる》バケモノもいるさ」

スポーツには稀《まれ》にいるのだ。

努力を嫌い、努力を嘲笑《あざわら》い、才能だけで結果を出し続けるバケモノが。

別にスポーツだけではないだろう。

どこの業界でも、そういったバケモノがいることはある。

「だけど、大半の人間は努力をしないと結果が出せない。だから結果が出ているってことは、努力をしたってことだと思ってる」

才能だけで結果を出せるのは、ほんの一握りの人間だけだ。

多くの人は少なからず努力をして、這《は》い上がってきている。

もちろん才能に応じて努力量も違ったりするだろうが、努力が必要ないということにはならない。

何より——。

「それに、同じくらいの才能を持ってた場合、勝つのは努力をしている人間だろうしな」

子供でも考えればわかるが、同じレベルの才能を持っていると仮定した時、努力の分だけアドバンテージが生まれることになる。

鍛えれば磨かれる肉体はもちろんのこと、経験も大切だ。

土壇場での勝負勘、その競技に対する知識、戦略。

どれも、経験によって磨かれていく。

勝負に絶対はないが、大きな優位性を生むのは間違いないだろう。

確率的に見れば、勝つのは努力をしている人間だ。

「そんな熱弁するなんて……らしくない」

「言うほど熱弁か……?」

別に熱を込めて語ったつもりはないんだが……。

「私を頑張って肯定しようとしてて、気持ち悪い……」

「おい!?」

確かに、彼女が頑張れることの凄さや良さをわかってもらいたくて言っていたのはあるが、ゴマをすろうとしたわけでもない。

「途中から、話がずれてるし」

「ずらしたのは君だ……!」

「ふふ……でも、少しだけ、嬉《うれ》しかった」

「――っ!?」

不意打ちで見せられた、かわいらしい笑顔。

ドクンッ――と胸が高鳴る。

「な、なんだよ、それ……」

顔が熱くなるのを誤魔化すように、思わず悪態をついてしまった。

だって、こんなの……反則だろ……。

「少しだけだから。ほ～んの、少しだけだから」

彼女は人差し指と親指を合わせると、言葉に合わせながらごく僅かに二つの指の間に隙間を作った。

この隙間分、嬉しかったとアピールしているんだろう。

ほとんど隙間がないんだが……？

「それ、わざわざ言う必要あるか……？」

「勘違いされたり、変な期待を持たれたりしても困るから。私を口説こうとしたって、あなたには無理よ」

いったいいつ、俺が口説いたのだろうか？

完全な濡《ぬ》れ衣《ぎぬ》なんだが……？

「口説くわけないだろ……」

「どうだか？」
彼女はかわいらしく小首を傾《かし》げて、ジッと俺の顔を見てくる。
まさか、本気で俺が口説いていると思っているのだろうか？
……いや、まさかなぁ……。
「ありえないから、変な心配しないでくれ」
確かに、かわいいと思うことはチラホラとあった。
だけど、口説こうなんて思わない。
なんせ口説くなど、女性経験がない俺には無理だからだ。
ましてや相手がフロストさんともなれば、尚更だろう。
『何よ、その興味がありませんよアピールは……』
しかし、なぜか彼女は不服そうに睨《にら》んでくる。
おかしい。
なんで、この流れで睨まれることになるんだ……？
口説かないって言ってるんだから、普通は安心する場面だろ……？
女性の相手ってほんと難しい……。
とりあえず、空気を変えないと――。
「それはそうと、努力はいいことだけど、やりすぎは良くないからな？」
彼女の睨みから逃げたかった俺は、いったん話を戻すことにした。

「努力は、いいことだわ」

それにより、彼女は再度不服そうにする。

だけど、俺を責めるような睨みではなく、単純に納得がいかないと言いたげな表情だったので、俺にダメージはない。

「オーバーワークって言葉があるだろ？　練習にしても勉強にしても、やりすぎは良くないんだ」

練習のやりすぎは故障に繋《つな》がり、却《かえ》って練習時間が削られたり、ブランクを作ったりすることになってしまう。

何事も、無理は良くないのだ。

「練習はそうでしょうけど、勉強は違うでしょ？　やればやるほど、いいはずだわ」

「睡眠時間を削ってまでか？」

本当なら、この部分に触れるつもりはなかった。

触れたら、喧嘩《けんか》になるとわかっていたから。

それなのに、何もわかっていなさそうなフロストさんを見て、つい口から出てしまったのだ。

「……私は、ちゃんと寝ているわ」

頭がいい彼女は、全てを言わなくてもわかったのだろう。

バツが悪そうに目を逸《そ》らしているのが、心当たりがある証拠だ。

こんな遅い時間なのに、寝るどころかまだ勉強しようとしているのだから、それも当然なのだが。

「体を壊したら、元も子もないぞ？」

「ほっといて。何も知らないくせに」

明らかな敵意を持った瞳で、彼女は睨んでくる。

家族になったばかりの時のような、遠ざけるための睨みだ。

ここ最近のものの中では、一番鋭いと思う。

それだけ、触れてほしくないことなのだろう。

「悪かったよ。でも、無理だけはしないでほしい」

「あなたに関係ないわ」

駄目だ、こりゃ。

拗《す》ねた子供のように、聞く耳を持っていない。

こうなるのがわかってたから、言わないでおこうと思っていたんだが……。

「勉強に関しては、何も言わないさ。だけど、家事は分担しよう。そしたら、寝る時間はちゃんと作れるだろ？」

彼女が勉強を大切にしたい気持ちはわかるし、こうも意固地になってたら説得は不可能だろう。

それよりも、他の部分で負担を減らしたほうがいい。

「洗濯もの、私が干すから」

「この、頑固者……」

そこは譲ってくれよ、と思ってしまう。

これじゃあ、ただ時間を無駄にしただけじゃないか。

「じゃあ、朝ご飯――」

「私が作る」

「…………」

何、拗ねてるのか？

拗ねてそんな、意固地になっているのか？

「どっちみち、あなたにご飯は作れないでしょ？」

「いや、作れないけどさ……。風呂から上がってきたら、コンビニでパンでも買ってくるぞ？」

別に手料理にこだわることもなく、こういう時はパンで済ませてもいい。

むしろ、高校生の朝ご飯がパンだったりするのは、そこまで珍しくないだろう。

しかし――。

「駄目よ、育ち盛りなんだから。ちゃんと、栄養バランス良く食べなきゃ」

フロストさんから、らしくないセリフが出てきた。

それは自分のことを言っているのか、それとも俺の体を気遣ってくれているのか。

どちらにせよ、やっぱり頑固だ。

このまま説得しようとしたところで、彼女に譲る気がないなら時間を無駄にするだけ。

それなら、ここも譲っておこう。

その代わり、別のところを譲ってもらえばいい。

「わかった、それじゃあご飯を炊くのは俺が――」

「私がする」

「いい加減にしろよ!?」

どこまでも譲ろうとしない彼女に対し、つい声を荒《あら》らげてしまった。

だけど、ここまでくると俺だって文句を言いたくもなる。

「ご飯を炊くのだって、料理の一環でしょうが……?」

大声を出したせいか、フロストさんは若干後ずさりながら自分の考えを言ってきた。

怖がらせたのなら、悪かったと思うが……。

「分担しようって話だろ……?　どうして、そんなに自分で抱え込むんだよ……」

「だって睡眠は、スポーツ選手には大切だし……」

だから俺の睡眠時間は確保して、その分自分の睡眠時間を削るっていうのか？

こういう話を聞くと、彼女の根は優しいんだろうと思う。

意外にも、嫌っているはずの俺のことを優先してくれているわけだし。

でもこれは、やりすぎだ。

「睡眠が大切なのは、別にスポーツ選手に限った話じゃないだろ？　大人にだって大切だし、俺たちのような子供には特に大切なはずだ。つまり、フロストさんにとっても大切なんだよ」

「それは、そうかもしれないけど……」

一応、俺の言葉に納得はしてくれたらしい。

でも、何か引っかかるようだ。

「優先順位で言えば、スポーツをしてるあなたのほうが……」

「同い年で対等な立場なのに、優先順位なんてないだろ？　そんな言葉聞いたら、父さんやジェシカさんは怒るぞ？」

あの二人は、俺とフロストさんに対して優先順位など付けていない。

血が繋がっていなくても、お互いの子供を大切にしてくれているし、自分の子と同じように扱ってくれている。

男女の差での扱いの違いはあれど、スポーツをしているから、勉強をしているから、で優先順位は付けられていない。

「お母さんたちは、関係ないでしょ……」

「フロストさんが変なことを言うからだ。俺たちの間に、どちらが優先とかはない。それでいいじゃないか」

元々、周りの人間など気にしない、という態度を取っていたくせに、今更何を言っているんだか。

彼女の中で何か変化が生まれたのなら、それはいいことだとは思う。

なんせ、以前までが酷《ひど》すぎたんだから。

だけど、それで自分を蔑《ないがし》ろにするのは違う。

「……そもそも、あなたはご飯を炊けるの？」

言い返す言葉がなくなったのか、今度は俺の粗《あら》探しを始めたようだ。

「さすがにご飯くらいは炊いたことがあるから、そこは安心してくれ」

そうじゃないと、ここまで押したりしない。

こんな偉そうに言っておいて、実は炊けませんでした——なんてなったら、洒落《しゃれ》にならないからな。

「そう……」

フロストさんは、少しだけ考える。

まだ反論しようとしているのだろうか？

とりあえず、彼女が結論を出すのを待ってみた。

「——わかったわ。それじゃあ、ご飯を炊くのはお願いする」

ようやく気持ちが伝わったようで、彼女は折れてくれた。

長かった……本当に、そう思う。

「あぁ、任せてくれ」

こうして、翌日のご飯を炊く係になった俺。

この後お風呂に入り、洗濯が終わると——シレッと、洗濯ものを干すのも手伝っておいた。

当然彼女は文句を言ってきたけど、二人でやったほうが効率いいし、負担の振り分けもいい感じ、ということで押し切った形だ。

そして、翌朝——彼女は、起きてこなかった。

第四章　偽りと本当の姿

「――――っ！」

誰かが、ドンドンと私の部屋のドアを叩《たた》いている。

声も聞こえるけれど、意識がはっきりとしないせいか、何を言っているのか聞き取れない。

いったい、なんだっていうの……？

体を起こそうにも、だるくてうまく起こせない。

体がしんどい……。

「フロストさんってば！　どうかしたのか!?　それとも、ただ寝てるだけか!?」

ようやく、頭にかかっていた霧のようなモヤモヤが晴れ、声を認識し始める。

どうやら声をかけてきていたのは、白川《しらかわ》君だったらしい。

「なんで、そんなに必死になって――」

呟《つぶや》きながら、ふと嫌な考えが頭を過《よぎ》る。

「今、いったい何時――っ!?」

急いでスマホの画面を見ると、血の気が引いた。

後十分《じっぷん》もしないうちに、彼がいつも家を出る時間になるからだ。

「ご、ごめんなさい……！」

私は慌てて、ドア越しに謝る。

寝起きなので、ドアを開けることはできなかった。

こんなみっともない姿、彼に見られたくない。

「よかった、寝てただけなんだな……」

寝坊し、朝ご飯を作る約束を反故《ほご》にしてしまったのに、彼は怒るどころか心から安心しているような声を出した。

もしかしたら私が起きてこないことで、最悪の事態を想定していたのかもしれない。

だから、あんなに一生懸命ドアを叩いてくれてたんだ……。

「ごめんなさい、寝坊してしまったの……」

「あれだけ勉強を頑張ってるんだ、やっぱり疲れが溜《た》まっていたんだよ。体調のほうは、大丈夫なのか？」

怒ったっていいのに、フォローまでしてくれて、まだ私の心配をしている。

その優しさに、私の胸は少し苦しくなった。

「大丈夫、本当にただ寝坊しちゃっただけだから」

本当は体に気怠《けだる》さがあるのだけど、これ以上彼に心配をかけたくなくて、嘘《うそ》を吐《つ》いてしまった。

それにこの気怠さは、自己管理ができてなかった証拠。

寝坊した言い訳になんてできない。

「そっか、ならいいんだ。フロストさんが出る時間には余裕があるだろうから、慌てずに準備しなよ」

彼は朝練があるから、通常の学生より早く家を出ている。

そのおかげで、私がいつも家を出るまでの時間には、余裕があった。

「そんなことよりも、ごめんなさい……。朝ご飯、作れなくて……」

「いいっていいって、俺はふりかけで食べたからさ。それよりも、俺のほうが謝らないといけないんだ」

彼が謝らないといけない？

どうしてだろう？

「何かしたの……？」

「その、体調が悪いのかなって思って、ネットで調べて炊いてあるご飯を無理矢理おかゆにしたんだ。俺、料理に慣れてないから、おいしくないかもしれない……。一応、味見はしたけど……。ごめんな、余計なことをして」

申し訳なさそうに謝る彼に対し、私は複雑な感情を抱いてしまった。

朝で忙しいだろうに、私のことを考えて、おかゆまで作ってくれる優しさに嬉《うれ》しいと思う反面、今まで彼にしてきたことや、自分で言ったこともこなせずに迷惑をかけている罪悪感が、ドッと私の心に襲い掛かる。

「どうして、謝るのよ。私のためにしてくれたことじゃない、ありがとう」

こうして平静を装いながら、お礼の言葉を絞り出すのが精いっぱいだった。

今ドアを挟んでいて、心底よかったと思っている。

顔を見たら、申し訳なさで言葉が出てこなかったかもしれない。

だって、善意でやってくれた彼が申し訳なさそうにしているのは、普段私が細かいことで文句を言うせいなのかもしれないから……。

「そう言ってもらって、気が楽になるよ。それじゃあ俺はもう行くから、何かあったら連絡して。おかゆはおいしくなかったら、無理して食べなくていいからな」

彼はそう言うと、ドタドタと音を立てながら出て行った。

話していたせいで、時間がなくなってしまったんだろう。

私はドアにもたれ、ズルズルと滑るように床へと座る。

そして、顔を手で覆った。

「私の、ばか……。本当に、ばか……」

彼と出会ってからの、いろいろなことを思い出しながら、自己嫌悪に陥る。

できることなら、夏休みに戻りたかった。

だけど、今更過去に戻るなんて不可能。

私はそのまま、同じ言葉をずっと繰り返し続けた。

「――少しでも、挽回《ばんかい》しないと……」

十分ほど経《た》った頃、私は顔を上げた。

正直もう消えてなくなりたいくらいなのだけど、後悔だけしていても意味がないというのは、わかっている。

だから、失敗をちゃんと自分で取り返すことにした。

幸い、まだ時間はある。

今から早炊きをして作れば、ギリギリ遅刻しない時間で行けるだろう。

そう思った私は、急いで米を洗いに一階へと下りた。

そして、洗った米を炊飯器にセットすると、すぐに学校へ行く準備を――の前に、テーブルの上に置いてあった、おかゆへと手を伸ばす。

せっかく彼が作ってくれたものを、冷ましてしまうのはもったいない。

「――おいしい……」

彼はおいしくないかもしれない、と言っていたけれど、米はほどよく柔らかくなっており、塩加減も絶妙だった。

一緒に置いてあった梅干を入れると、酸味が加わり更においしくなる。

私がおいしく食べられるように、本当にしっかりと調べて作ったんだろう。

「余計、胸が苦しくなったじゃない……」

首を傾《かし》げながらスマホとにらめっこし、一生懸命おかゆを作っている彼を思い浮かべてしまい、私はギュッと胸を締め付けられる感覚に襲われたのだった。

◆

「——はぁ、今日もしんどかった。監督、最近めっちゃ気合が入ってるよなぁ」

朝練が終わって部室を出ると、しんどそうに翔太《しょうた》が呟いた。

「再来週には県大会があるんだし、それだけ期待してくれてるってことだろ」

今週でリーグ戦は終わり、来週は各リーグの二位が残りの枠を巡って戦う。

それが終われば、すぐに翌週から県大会が始まるのだ。

監督だって、熱が入るに決まってる。

「でもよ、明日は試合だぜぇ？　こんなしごかなくてもいいだろ……」

「——嫌なら、辞めればいいじゃないか」

俺と翔太の後ろにいた柊斗《しゅうと》が、淡々とした様子で話に入ってきた。

それにより、翔太が眉を吊《つ》り上げる。

「またお前かよ……！　いいのか、俺が抜けたら大切な守備が減るぞ!?」

翔太は、遊撃手《ショート》のレギュラーだ。

その席が空く、と言いたいんだろう。

「空いた席には、別の奴《やつ》が座るだけだ。うちは人材に困らないからな」

強豪校の強みの一つだろう。

スカウトだけでなく、放っておいても甲子園に行きたい優秀な選手が集まってきたりするので、他の学校でならレギュラーを張れるような選手が、ポジションごとに数人ずついるのだ。

欠員が出ても、補充は十分利く。

「監督の方針に異を唱えるなら、チームを去ればいいだろ？」

なるほど、柊斗が怒っているのはその部分か。

こう見えて、彼は監督のことを慕っている。

だから、監督のやり方に愚痴を言った翔太に対し、怒っているようだ。

「なんでお前に言われないといけないんだよ……！」

「お前が愚痴を――」

「あ〜、もうその辺でいいだろ？」

更にヒートアップしそうだったので、俺は二人の間に入る。

こういうことばかりしているから、九条院《くじょういん》さんからお守《も》りをしている、と言われるんだろう。

「まず、翔太はしんどくて愚痴を言ったけど、本気で監督のやり方が間違っているとは思っていないはずだ。そうだよな？」

「お、おう、もちろんだよ」

翔太に視線を向けると、彼はコクコクと頷《うなず》いた。

それは、話していた感じでもわかっていたことだ。

「そもそも、あれくらいでしんどいって言うのが、根性なしだろ？」

柊斗は気にした部分の誤解が解けてもまだ気に入らないらしく、再度突いてくる。

「そこは人それぞれ感じ方が違うものだろ？　それに、そういった軽い愚痴を禁じてしまったら、ストレスが溜まって更に辞める人が増えるじゃないか」

柊斗の言いたいことがわからないわけではないが、彼の言っていることは押し付けだ。相手に期待することはあっても、無理矢理させるのは違うだろう。

「辞めたい奴は辞めればいいだろ……」

「それは違うぞ？　さっきの翔太に対する発言もそうだけど、柊斗はチームメイトの大切さを知ったほうがいい」

「何……？」

俺の発言が気に入らなかったようで、柊斗は眉を顰《ひそ》めながら睨《にら》んでくる。

「少なくとも俺は、翔太が遊撃手《ショート》を守ってくれるからこそ、打たせて捕る配球を安心して組み立てられる。他の人間だったら、三振を取りにいく配球に変えるかもしれない。そうなれば、柊斗は球数が増えて終盤がしんどくなるし、使ってもらえる試合数も減るぞ？」

柊斗は絶対的エースではあるが、あくまで配球を決めるのは捕手《キャッチャー》である俺の役目だ。

彼自身、首を横に振ることはあまりないので、俺がリードすることに不満を抱いていないんだろう。

だからこそ、リードの意味なんて考えていなかったのかもしれないが、俺は当然戦力によって配球は変えるのだ。

もし柊斗の言う通り、チームメイトたちが辞めていけば、当然守備のレベルは落ちる。そうなった時、彼のピッチングだけを頼りにして、いったいどこまで勝ち上がれるのだろうか。

正直、甲子園は行けないと思う。

疲労は蓄積するし、故障するリスクだって高まるのだから。

「ふっ……珍しいな、賢人《けんと》が説教するなんて」

柊斗は鼻で笑い、俺をジッと見つめてくる。

話を聞いていないように見えるが、反論をしないということは納得したということだ。

「明らかに間違っていると思えば、そりゃあ言うさ。翔太の場合、守備だけでなく打者《だしゃ》としても、一番を任されている。チームで一番足が速いんだし、貴重な戦力を手放すわけにはいかないだろ？」

欠員が出ても補充できるとはいえ、レギュラー争いを勝ち抜いた人間が抜けることになるのだから、少なからず戦力は落ちてしまうのだ。

県大会で一位にならなければいけないという、厳しい条件をクリアしないといけないのに、自ら戦力ダウンするのは馬鹿だとすら思う。

「はぁ……こんなのでも、いないと困るってわけか」

「こんなの!?」

呆《あき》れたように溜息《ためいき》を吐《つ》く柊斗の言葉に、翔太が怒ったようにツッコミを入れた。

やれやれ……。

「他の人のこともそうだ。柊斗がストイックなところはいいと思っているけど、他の人に押し付けるのは違う。ましてや、辞めろって言うのは絶対なしだ。自分のペースで努力して、上がってくる人間だっているんだから」

「……あぁ、わかったよ」

柊斗は一瞬考える素振りを見せたが、反論はせず頷いてくれた。

また、《自分のペースって、そいつは本当に努力しているのか？　努力した気になって、自己満足で終わっているだけなんじゃないか？》とか言ってくるかと思ったけど、俺に言い返されるとわかってやめたのかもしれない。

とりあえず、わかってくれたようなので、もうこの話は終わりでいいだろう。

「はぁ～、賢人に口喧嘩《くちげんか》で勝てる気しねぇ……」

俺たちのやりとりを見ていた翔太は、そうボソッと呟《つぶや》いた。

「いや、別に口喧嘩は強くないからな？」

それこそ、フロストさんにはいつも負けているわけだし。

何より、喧嘩は好きじゃない。

「まぁそもそも、喧嘩する賢人って思い浮かばねぇや。誰とでも仲良くしてそうだしな。

フロストさんとも、家でいちゃつきまくってるんだろ？」

羨ましそうにしながら、俺を見てくる翔太。

前にあれだけ言ったのに、何もわかっていない。

「あはは……やめてくれ。まじで、俺が家で責められるんだから」

翔太がこう言ってくるのは、前にフロストさんが言っていた噂《うわさ》のせいだろう。

せっかく最近は距離が縮まってきた感じがあるのに、ラブラブなんて噂が今以上に広まったらまた逆戻りしかねない。

そんなの、勘弁してほしかった。

「――って、あれ？　噂をすれば……あそこにいるの、フロストさんじゃないか？」

「えっ？」

翔太が指さすほうを見ると、部室の建物に隠れるようにしてこちらを見る、金髪の美少女がいた。

間違いなく、フロストさんだ。

「何してるんだ……？」

彼女がグラウンドのほうに来る用事なんてないはず。

何より、ジッとこちらを見ているので――ちょっと、怖かった。

俺、今回は何も怒らせてないよな……？

そう思っていると、フロストさんは建物の陰から出てきて、ゆっくりと俺たちに近付いてくる。

こちらが気が付いたことに、向こうも気が付いたようだ。

「お、おい、こっち来てるぞ……！」

「なんでお前が喜ぶんだよ。どう考えても、賢人に用事があるんだろうが」

嬉《うれ》しそうにテンションを上げた翔太に対し、柊斗が呆れたように溜息を吐く。

それによって翔太がムッとし、また喧嘩が始まりそうな雰囲気になった。

だけど――フロストさんが先に俺たちのもとに着いたので、彼らも口を閉ざす。

「どうかしたのか……？」

柊斗が言った通り、この三人の中で用事がある可能性は、俺が一番高い。

だから、聞いてみたのだけど。

「彼を貸してもらえるかしら？」

俺の質問には答えず、クールな態度で翔太と柊斗に話しかけた。

「ど、どうぞどうぞ！　もう煮るなり焼くなり好きにしちゃってください！」

話しかけられて嬉しかったんだろう。

翔太は笑顔で俺を差し出した。

こいつ、他人事《ひとごと》だと思って好き放題言いやがって。

本当に煮るなり焼くなりされたら、どうしてくれるんだ……？

「ここで話せないことなのか？」

翔太とは違い、女子に興味がない柊斗は冷たい目を彼女に向ける。

それによって一瞬、フロストさんは怯《ひる》んだように見えた。

柊斗は身長が１８２㎝なので、睨まれたら女の子である彼女が怯《おび》えるのも仕方ない。

しかし、彼女はすぐに冷めた目を返した。

「家族の話なの。あなたには関係ないでしょ？」

やはり彼女は気が強いだろう。

柊斗はかなりのイケメンではあるが、眼光が鋭い上に言葉遣いが荒い。

ほとんどの女子は一睨みされるだけで怯え、声が出せなくなるというのに……こうして正面から言い返しているのだから。

「わざわざ、グラウンドに来てまでする話か？」

柊斗が言わんとすることはわかる。

家族の話であれば、家でいくらでもできるだろう。

それなのにどうして、こんなところにまで来て話をするんだ、という感じだ。

とはいえ――。

「そう睨むな。彼女が用事あるのは、俺だろ？」

いくらなんでも女子相手に凄《すご》むのはどうかと思い、俺は柊斗の肩に手を置いて止める。

彼女がどういう理由で来ていようと、邪険にするのは良くない。

「こいつだろ、孤高の華って呼ばれている賢人の妹は？　家族の話って言っているわけだしな」

　止めたというのに、柊斗《しゅうと》はまだ退《ひ》かないようだ。

　そのあだ名がどういう意味で付けられているか理解しているフロストさんは、それによりムッとする。

「だったら、どうしたんだ？」

　俺は念のため、柊斗とフロストさんの間に体を入れ、彼女を背に庇《かば》うような立ち位置へと移動した。

「庇うのか？」

　当然、俺の行動はこの場にいる全員が理解し、柊斗もそこを突いてくる。

「家族だから、な」

　俺は笑顔を作りながら、肩を竦《すく》める。

　柊斗の人間性はある程度理解しているつもりだ。

　意味もなく、他人を傷つけようとする奴《やつ》ではない。

　だけど、そこに明確な意図があれば、相手を傷つけることも辞さない奴だ。

　そして生憎《あいにく》、俺には柊斗がフロストさんに刃を向ける心当たりが、一つある。

　まっすぐなもの言いをする彼の言葉には、いくらフロストさんでも傷つくかもしれない。

　だから、矛先を完全に俺へと向けさせる必要があった。

「…………」

柊斗は、ジッと俺の目を見つめてくる。

俺が何を考えているのか、観察しているんだろう。

まだ一年くらいの付き合いだが、一緒にいる時間は多く、何より一番真剣に向き合ってきた者同士だ。

俺が柊斗をある程度理解しているように、彼も俺のことを大体は理解しているだろう。

「ふっ、遠ざけるわけじゃなく、庇うか……。なるほどね……」

何か一人納得した様子を見せる柊斗。

ボソッと呟いただけなので、内容までは聞き取れなかった。

柊斗の挙動に注視していると、彼は俺の耳に口元を寄せてくる。

「お前にとって、いつの間にその女はそこまで大切になったんだ？」

「――っ」

不意の一言に、俺は息を呑《の》む。

「なんのことだ……？」

「とぼけるってわけか。まぁいい」

柊斗は俺から顔を離し、フロストさんへと視線を向ける。

「噂通りの女で、賢人を悩ませるなら――と思っていたが、そうじゃないらしいな？」

どうやら今度は、フロストさんに尋ねることにしたようだ。

「いったい、なんのことかしら……？」

当然、話の流れがわかっていないフロストさんは、怪訝《けげん》そうに首を傾《かし》げる。

「柊斗、これ以上変なことを言うのはやめろ」

俺はすぐさま、彼を止めに入った。

「変なことではないだろ？　大切な確認だ」

やはり柊斗は、俺たちのことを疑っているようだ。

「安心しろ、柊斗が思っているような関係じゃないし、約束もちゃんと守るから」

柊斗が気にしているのは、《フロストさんに現《うつつ》を抜かして野球を疎《おろそ》かにするな》、という約束だろう。

彼女がわざわざグラウンドに来たことや、俺が庇ったことで気にせずにいられなかったみたいだ。

「あぁ、それはちゃんと守ってもらう。まぁ、今気にしていたのはそんなことではないんだが——不要な心配だったようだな」

柊斗はそう言うと、俺たちに背を向けた。

話は終わりだ、ということだろう。

——と、思ったのだけど……。

「……一応言っておくが、もし俺らの邪魔したら、お前許さないからな？」

最後に振り返って、フロストさんを睨《にら》んだ。

それにより、反射的に彼女が俺の服の袖を指で摘《つ》まんでくる。

幸い、柊斗も翔太《しょうた》も気付いていないようだが……。

「その言い方はないだろ。そもそも、俺たちのことに彼女は関係ないんだ。こちらの都合を、勝手に押し付けるなよ」

柊斗が言うように、本当に俺がフロストさんにのぼせるようなことがあれば、悪いのは全て俺だ。

彼女は関係ない。

もちろん、彼女が何かしら嫌がらせをする可能性もあるが――まじめな子なので、意図的な邪魔はしてこないだろう。

精神的ストレスも――ここ数日では、かなり減った気がする。

「……お前がそこまで怒るところ、初めて見たかもな」

俺の顔を見た柊斗は、珍しく肩を竦める。

「いや、別に怒ってはいないが……」

「そうか？」

柊斗は不思議そうに首を傾げる。

本当に、俺が怒ったように見えたらしい。

「とりあえず、邪魔さえしなければいい。今は、良好な関係を築いているようだしな」

柊斗はヒラヒラと手を振りながら、校舎へと向かっていった。

「何、あの人……意味わからない」

言いたいことだけ言って去った柊斗に対し、フロストさんは眉を顰《ひそ》めて怒る。

まぁあれは、怒られても仕方ないと思うが……。

「お、俺も、先に教室行っとくわ！　また後でな！」

気まずくなったんだろう。

翔太も柊斗を追うようにして、行ってしまった。

珍しい行動ではあるが、今の不機嫌なフロストさんと一緒にいるより、柊斗の後を追うほうがマシだったようだ。

つまり――翔太が思わず逃げ出したくなるようなフロストさんと、俺は二人きりにされたわけで……胃が痛くなってきた。

「えっと……ごめんな、柊斗が酷《ひど》いことを言って」

とりあえず、先に謝っておく。

こういう時は、先手必勝だ。

「あなたが謝ることではないでしょ……。その、庇ってくれたんだし……ありがと……」

正直駄目もとではあったが、この手は意外にもフロストさんに通じたらしい。

嫌みを言われるどころか、お礼を言われてしまった。

今度からはこの手でいくのがいいかもしれない。

「柊斗は言動で誤解されやすいけど、悪い奴ではないから……誤解しないでやってくれ」

「悪い奴ではない……？　あれで……？」

一応柊斗のフォローもしておくと、とても怪訝そうな表情を返されてしまった。

そうだよな、さすがにこれは無理があったかもしれない。

でもほんと、悪い奴ではないんだよな……。

ただ、野球命であって、そこを邪魔する奴が許せないだけで……。

「彼が、黒金《くろがね》君よね？　あんなに怖い人と、よくバッテリーを組んでいられるわね……」

怖い？

彼女のらしくない言葉に、思わず疑問が浮かんでしまう。

「フロストさんって、男子を怖いとか思うんだな」

後、柊斗の苗字《みようじ》を知っていたことに驚きだ。

「当たり前でしょ……？　男子なんて、みんな怖いわよ……」

全然、そんなふうに見えないんだけどな……？

もしかして、周りを遠ざける理由はそれなのだろうか？

でも、だったら女子とは仲良くするだろうし……やっぱり、まだ知らないことが多い。

「そ、そんなことよりも……用事、いいかしら……？」

先程までのピリッとしていたフロストさんの雰囲気は鳴りを潜め、落ち着きなくソワソワとし始めた。

あまりモタモタしていると学校が始まってしまうから、本題に入ったのはわかるんだけど――なんで、急に落ち着きがなくなったんだ……？

「あぁ、どうしたんだ？」

「その……別に、大したことじゃないけど……」

彼女はまるで予防線を張るかのようなことを言いながら、なぜか俯《うつむ》いてしまった。

不思議に思いながら彼女を見つめていると、手に学生鞄《がくせいかばん》とは別に何か握られていること
に気が付く。

多分だけど、ランチバッグじゃないだろうか。

それも、女性ものというよりは、男性ものに見える奴だ。

あれ……？

彼女って確か、普段は俺と同じで食堂だよな……？

何度か食堂に行くところや、食堂で食べているところを見たので、そうだったはず。

何より、家でお弁当が用意されているところを見たことがないし。

そう思っていると――。

「こ、これ、朝のお礼……！」

突然、ランチバッグを差し出された。

彼女は恥ずかしそうにギュッと目を瞑《つぶ》っており、顔も赤く染めている。

渡すだけで、いっぱいいっぱいっていう感じだ。

俺のために、わざわざ作ってきてくれたのか……？

「ありがとう……」

俺は渡された弁当箱に視線を向ける。

「これ、手作りだよな……？」

「えぇ、まぁ……。その、朝ご飯を作れなかったから……そのお詫《わ》び……」

やはり彼女はまじめなのだろう。

寝坊なんて誰でもする仕方がないことなのに、時間があまりない中こうして作ってくれたんだから。

「無理しなくてよかったのに……」

「別にこれくらい、私にかかればすぐできることだから……」

「そっか、さすがだな……。ありがとう、凄《すご》く嬉《うれ》しいよ」

「――っ!?」

再度笑顔でお礼を伝えると、元々赤かった彼女の顔が真っ赤に染まった。

そして、プイッと顔を背けられてしまう。

『ずるい……！　ここでそんな笑顔、ずるすぎる……！』

何やらブツブツと呟《つぶや》いているんだけど、どうしたんだろう？

さすがに今ので怒らせたとかだったら、納得がいかないぞ……？

そう思って見つめていると、彼女は《すぅ……はぁ……》と深呼吸を始めた。

呼吸が整うと、俺のほうに向き直る。

その顔はまだ赤く、何やらほんのりと汗をかきながら、頑張ってクールな表情を作ろうとしているようだった。

「こほんっ――」

フロストさんはなぜか、わざとらしく咳払《せきばら》いをする。

「せ、せっかく私の分もお弁当を作ってきたわけだし、家族仲を深めるってことで――」

キーンコーンカーンコーン♪

フロストさんが話している時、その話を遮るかのように予鈴が鳴ってしまった。

「やばっ、もうそんな時間か……！　早く教室に行こう！」

まだ俺たちはグラウンドなわけで、急がないと遅刻だ。

話してて遅刻なんて洒落《しゃれ》にならないし、翔太たちにまた変な疑いを持たれてしまう。

「ほら、フロストさんも急がないと！　遅刻したらまずいだろ！」

彼女の手には学生鞄があるわけで、それはつまり教室に向かわず直接グラウンドへ来ていることを意味する。

当然、このままだと遅刻だ。

『うぅ……挽回《ばんかい》のために頑張ってお昼に誘おうと思ったのに、なんでこうなるのよ……！

これも全て、あの黒金君のせいなんだから……！』

校舎が別だから別れると、何やらフロストさんが英語を叫んでいた。

何か言いかけていたのは、そんなに大切なことだったんだろうか……？

まぁでも、本当に大切なことなら、後でチャットアプリを使って言ってくるだろう。

そう思った俺は、気にするのをやめて急いで教室に向かうのだった。

◆

「──話って、何よ？」

白川《しらかわ》君に手作りのお弁当を渡した日、私はなぜか普通科普通コースの女子に、手紙で校舎裏へと呼び出されていた。

朝から体が重く、グラウンドの件でよりしんどくなっているというのに、こんなところに呼び出されるなんて最悪。

男子なら告白の可能性が高いけど、女子なら──。

「お～、ちゃんと逃げずに来たね～」

「あはは、ほんとまじめちゃんだね！」

「だっるー。早く終わらせよーよ」

「そう言わないでよ、こいつにちゃんと仕返ししないと。あーちゃんだって、恨み持ってるでしょ？」

待っていたのは、四人組のギャルたち。

手紙には一人分の名前しか書かれていなかったけど、向こうは元から四人で来る予定だったんだろう。

名前に覚えがないから誰かと思えば、会うたびによく絡んできていた子たちだ。

どうも私のことが嫌いなようで、嫌がらせばかりしてきている。

ついこの間も言いがかりを付けられたから、先生に突き出したばかりだった。

「別に、うちのは恨みってほどじゃないし……」

「え～、賢人《けんと》君を取られたって悲しんでたじゃん」

「話を盛らないで……。別に、そんなんじゃないし……」

ダウナー系ギャルの子が、スマホを弄《いじ》りながらめんどくさそうに溜息《ためいき》を吐《つ》く。

この子はいつ会っても溜息を吐いてだるそうにしており、明らかに他の三人とは雰囲気が違う。

それなのに、いつもこの三人と一緒に行動をしているのだから、不思議な子だ。

ただ、今の私にはそんなことよりも気になる言葉があった。

賢人君……？

もしかして、彼のファンなのかしら……？

意外にも白川君には、この学校にファンがいる。

夏に活躍したことと、彼は普段から人当たりがよくて周りを気にかけているので、そういった面に惹《ひ》かれている子がいるそうだ。

その数はジワジワと増えているらしく、私と彼が一緒に暮らしているのをよく思っていない、お気持ちの手紙を頂くことも時々あった。

彼女もその一人なのだろう。

「私には、彼の良さなんて全然わからないけどね～。柊斗《しゅうと》様のほうが圧倒的にかっこいいじゃん。なんたって、チームのエースだもん」

「「うんうん」」

ぶりっ子系のピンク頭のギャルが言った言葉に対し、ダウナー系のギャルの子を除いた全員が頷《うなず》く。

柊斗様……リアルで、同じ学校の人を様呼びする人、初めて見た……。

黒金君のことを言っているのはわかるけど、今朝相対した私には、彼のほうこそ良さがわからない。

あの人は、ただ怖いだけだ。

白川君のほうが圧倒的に――って、なんでもない……。

「呼び出しておいて、自分たちだけで話すのはやめてくれない？　いったいなんの用なわけ？」

本当なら私は行くところがあったのに、わざわざこちらに足を運んだのだ。

早く終わらせてほしい。

「そう邪険にしないでよ。私たちはただ、あんたと仲直りしたいだけじゃん」

ニヤニヤと、心にもないことを言ってくるリーダーらしきギャル。

絶対に嘘《うそ》だとわかる。

何より、先程一人が《仕返し》と言っていたのだし。

「四対一じゃないと、何もできないの？」

私は普段通りを装い、馬鹿にするように笑みを浮かべる。

手を出せば、退学だってありうるのだ。

仕返しと言っても、できることなんてたかが知れてる。

「ちっ、相変わらずムカつく奴《やつ》ね」

「そうやってお高くとまって、自分以外の奴を見下してるんでしょ？」

「ほんと、最低だよね〜」

ジリジリと距離を詰めてくる三人。

逆に、私は少しずつ距離を取った。

「何、逃げるの？　やっぱり私たちが怖い？」

「そんなんじゃないわよ。ただ、距離を取っておかないと、何をされるかわからないからね。あなたたち、頭悪そうだし」

「口を開けば、ほんとムカつく女だよね。安心しなよ、暴力なんて振るう気ないから」

「そうそう、私たちはただ謝ってほしいだけ。土下座でね？」

いったい何を言っているのか。

私に恥をかかせたいんだろうけど、言うことを聞く必要がない。

「てか、あんたって頭いいことで有名なのに、こんなところに一人で来るなんて本当は馬鹿なんじゃないの？」

「違うよ、りーちゃん。連れてきたくても、友達が一人もいないんだよ。ほら、孤高の華だからさ～」

「あ～そっかそっか。まぁそんな酷《ひど》い性格をしてれば、それも仕方ないよね～」

「………………」

何も知らないくせに、好き放題言ってくれる。

だから、こういう軽薄そうな人間は嫌いなんだ。

「何、その反抗的な目？　まさかこの期《ご》に及んで、自分のほうが立場は上だって思ってるわけ？」

リーダーらしきギャルは、ニヤニヤと気持ち悪い笑みを浮かべていたのに、途端に脅迫じみた表情へと変貌する。

これが、本性なのでしょう。

「ちょっと、手は出さないでよ？　後がめんどいんだから」

「わかってるって、そんな心配しないでよ、あーちゃん。私たちも馬鹿じゃないからさ」

そう言ってダウナー系ギャルの子に視線を向けた後、私の服へと手を伸ばしてくる。

「いやっ……！」

私は反射的に、迫ってきた手を叩《はた》いた。

いったい何をするつもりなの……!?

「いった〜。うわ、見てよ。赤くなってる」

「わっ、ほんとだ〜！　先生に言っちゃおっかな〜？」

「ふふ、そしたら暴力を振るったってことで、フロストさん——いや、白川さんは停学になっちゃうかも？」

しまった、嵌《は》められた……！

そう思っても、もう遅い。

手を出してしまった時点で、私は不利だ。

「あなたが、私の服に手を伸ばしてきたからでしょ……！」

「証拠はあるの？」

リーダーらしきギャルは、キョトンとした表情で首を傾《かし》げる。

白々しい……。

「証拠って……だったら、あなたにも私が叩《たた》いた証拠なんてないでしょ！」

「いやいや、DNE鑑定？　だっけ？」

「はぁ……DNA鑑定よ」

「そうそう、DNA鑑定！　あーちゃん、さっすが頭いい〜。それで調べてもらえば、フロストさんにされたって証明できるわよね？　それに——」

リーダーらしきギャルは、ダウナー系ギャルの子を見る。

「撮っていた動画を加工して、白川さんに叩かれた部分だけにすれば、あんたに一方的にやられたことにできるんじゃない？」

「――っ！」

やられた……。

ここに来た時から、一人だけスマホを弄ってたから気にしなかったけど、あれで動画を撮ってたんだ……。

「どうする？　停学は嫌だよね？　だったら、土下座をしなよ。土下座で謝れば、私たちも許して――」

「ふざけないで、誰がするものですか！　その動画を加工したところで、私が叩いた位置で、あなたが手を伸ばしてきていたことを証明できるはず！　先生たちだって、日頃の行いできっと、私の言い分を信じてくれるはずよ！　それに、土下座を強要することは、強要罪っていう立派な犯罪なんだからね！」

私は必死にまくし立てる。

一度こういう人たちに屈したら、ずっと顎で使われる存在になってしまう。

そんなの、絶対に嫌だ。

「……あーちゃん、駄目じゃん」

リーダーらしきギャルは、冷たい目をダウナー系ギャルの子に向ける。

「だから言ったでしょ、彼女のような頭が回る子には無理だって。それを、強引に進めたのは――」

「あ～いい、いい、そういうのは。周りに相談できず、一人で突っ走るようなタイプだから、いけるかなぁって思ったわけだし。それよりも、犯罪がどうこう言ってるけど？」

「彼女は録音をしていないから、こっちがとぼければ大丈夫」

「あっ、そっ」

なんとなく見えてきた。

いつも一緒にいるからって、一枚岩というわけじゃないんだ。

仲がいい付き合いというだけでなく、何かしら利害の一致みたいなのがあるんだろう。

揉《も》めているうちに、逃げれば――。

「は～、なんかめんどくさくなっちゃった」

リーダーらしきギャルは、近くにあった錆《さ》びついている蛇口に近付いていく。

いったい何をするつもりなのか――そう思って警戒していると、繋《つな》がっていたホースを手で摑《つか》み、思いっきりハンドルを捻《ひね》った。

「えっ――きゃっ！」

ホースを伝って出てきた水は、勢い強く私にかけられる。

「り、りーちゃん、それはやりすぎだよ!?」

「土下座だけさせて、終わりって話だったじゃん！」

これは予定になかったことらしく、他のギャルたちは驚いている。

私も、彼女を甘く見てしまっていた。

「だっる～……まじでやりすぎだよ、それ……。先生たちにバレるじゃん……」

「暑くて水をかけあってるところに、彼女が来ちゃって、事故でかかりました～ってことにすれば注意で終わるでしょ？　それよりも、ちゃんと撮っておいてね。彼女の下着姿は貴重だよ～？」

ニヤニヤとするリーダーらしきギャルの言葉で、私は慌てて胸元を手で隠す。

濡《ぬ》れたせいで服が体に貼りつき、透けてブラジャーが見える状態になっていたのだ。

「ほらほら、あんたたちも口裏合わせに協力してね」

「ちょっ、りーちゃん!?」

「やだ、私たちもビショビショじゃん！」

リーダーらしきギャルは私だけでなく、スマホを持っているダウナー系ギャルの子を除いた二人にまで、水をかけてしまう。

そして、自分も頭から水をかぶった。

ここまで手段を選ばないなんて……。

「イカれてる……」

私が思い浮かべようとした言葉を、ダウナー系ギャルの子がボソッと呟《つぶや》いた。

他の三人は水でキャーキャーやっているので、気が付いていないらしい。

あのリーダーらしきギャルは、危険な人間だ。

ここにいると、いったい何をされるかわからない。

逃げないと――。

「おっと、どこに行くのかな？　まだ話は終わってないよ？」

逃げようとした私の手が、後ろから摑まれてしまった。

「放して……！」

「せっかく濡らした意味がないじゃん～。ちゃんと撮らせてよ」

「いやっ……！　誰か、助けて……！」

私は思わず、助けを求めてしまう。

「ふふ、やっとその表情が見られた。散々私のことを馬鹿にしたんだから、もっと――」

「――もっと、なんだよ？」

「そりゃあ、苦しめて――って、えっ……？」

違和感に気が付いたんだろう。

この場にはいないはずの男子の声だったので、彼女は声がしたほうを振り返る。

「随分と、派手にやってるな？」

声がしたほう――奥の曲がり角から姿を現したのは、怪訝《けげん》そうに眉を顰《ひそ》める、白川君《しらかわ》だった。

「し、白川君……！」

彼の顔を見た瞬間、私は頭で考えるよりも先に彼の名前を呼んでいた。

絶望的だった状況に、思わぬ光が差す。

「なんで、賢人《けんと》君が……？」

ダウナー系ギャルの子は、青ざめながら白川君を見つめる。

そんな彼女に、白川君は近付きながら口を開いた。

「確か……竜胆有栖《りんどうありす》さん、だっけ？　その動画、消してくれるか？」

「は、はい……」

竜胆さんと呼ばれたダウナー系ギャルの子は、彼に言われると急いでスマホを操作し始めた。

彼が名前を知っているということは……話したことがあったんだろう。

「ちょっと、何動画消してるのよ!?」

当然、今までの苦労が水の泡になるため、リーダーらしきギャルは怒ってしまう。

しかし、竜胆さんは既に操作を終えた後で――。

「消しました……」

今更怒ったって、どうにもならない。

「あぁ……。よく応援に来てくれてたのに……残念だよ」

白川君は頷《うなず》くと、お礼を言ったりはせずに、冷たい目で竜胆さんを見つめた。

それだけで、彼女は足の力が抜けたように、へたり込んでしまう。

冷たい目とその言葉が何を意味するのか、賢い彼女は理解したようだ。

「あ、あの、私たちここまでする気はなくて……！」

「そうです……！　りーちゃんが勝手にやっただけで、私たちは巻き込まれただけなんですよ……！」

「二人とも、何を言ってるの!?」

白川君の登場で分《ぶ》が悪いと悟ったギャル二人は、リーダーを切ることにしたようだ。

彼女たちの言う通り、リーダーらしき子が暴走して、勝手にしたわけだけど……。

「一部始終、見ていた。確かに水をかけたのは、そこにいるりーちゃんって呼ばれてるギャルだけだが、その前にフロストさんに対する嫌がらせをしてただろ？」

それはハッタリなのか、それとも本当に最初から隠れて見ていたのかはわからない。

でも彼の言う通り、他の人たちも同罪だと思う。

「うちは、してないのに……」

地面にへたり込み、俯《うつむ》いていた竜胆さんがボソッと呟く。

白川君のファンだということだから、彼に嫌われるのは辛《つら》いだろう。

だから、釈明したくなるのはわかる。

しかし――。

「一緒にいて、止めなかった時点で同罪だよ。それに君は、知恵を貸したり、撮影をしたりなど、協力もしている。どんな理由があろうと、許されることじゃない」

「――っ。うぅ……」

淡々と告げる白川君の言葉に、彼女は涙を流す。

おそらく白川君も、彼女たちのやりとりから、何かしらの一緒にいる理由があることはわかっている。

それこそ、クラス内などの力関係によるものなんだと思う。

だけど、だからって共犯が許されることじゃない。


……ほんの少しだけ、あの子のことは可哀想《かわいそう》だと思ったけど……。


「何よ、偉そうに……。助けに来て、正義のヒーローのつもり？　私たちがやったって証拠もなく、どうしようっていうの？　撮っていた動画、消さないほうがよかったんじゃない？」

リーダーらしきギャルはまだ諦めていないらしく、キッと目を吊《つ》り上げて白川君を睨《にら》んだ。

「頭が悪いようだから、教えてやる。目撃証言も、証拠になるんだよ。そうだろ？」

白川君は、私に視線を向けてきた。

だから、私は頷いて口を開く。

「ええ、裁判でも犯行の一部始終を見た証人による目撃証言は、直接証拠として認められているわ」

「だそうだ。ただでさえ、全身ビショ濡れっていう異常な状態なのに、言い逃れができると思うなよ？」

ここまで怒っている彼は、初めて見る。

同時に、頼もしさと安心感があった。

もう私には、先程まであった恐怖がない。

「……ちっ、キモいのよ。こんなおふざけで、そんなマジになっちゃって」

彼女は逃げるように、踵《きびす》を返した。

それを追いかけるように、ギャル二人が駆け出そうとするけど――。

「待てよ」

白川君は、彼女たちを引き留める。

「何よ、まだ何かあるってわけ？　先生にチクるなら勝手にチクれば？」

どうやら彼女は、開き直っているらしい。

「何も反省していないようだから、言っておくよ。この子は、俺にとって大切な家族《こ》だ。もし次手を出したら、ただじゃ済まさない」

「――っ!?」

怒気を含んだ声で静かに告げた彼の言葉に対し、私は驚いてしまう。

た、大切な子!?

こんなところで、いったい何を!?

「キモ、まじでキモい」

「あっ、りーちゃん待ってよ……！」

「置いてかないで……！」

「うっさい！　あんたたち、私を売ったんだから覚えておきなさいよ！」

ギャルたちは、喧嘩《けんか》をしながら去ってしまった。

――いや、まだ一人残ってるけど……。

白川君は、その子に向かって歩いていく。

……私に、声かけないんだ……。

「後悔してるのか？」

「もち、ろん……」

「後悔しても、やったことはなくならない」

彼にしては、随分と冷たいことを言う。

てっきり、他人へ冷たくできない人間だと思っていたのに。

「でも、やり直すことはできるだろ？」

その私の考えは、やはり間違ってなかったらしい。

表情は冷たいままだけど、言葉で彼女に手を差し伸べた。

「どう、やって……？」

「それは自分で考えろ。俺が示すことじゃない」

そう言いつつ、チラッと私に視線を送ってくる。

それはもう、答えを言っているんじゃないだろうか。

「……そう、だね……」

彼女はちゃんと察したらしく、立ち上がって私のほうに歩いてくる。

「ごめんなさい、酷《ひど》いことをして……。我が身かわいさに、あなたを犠牲にした……」

これから彼女がどうしていくのかはわからないけど、まずは酷いことをした私に謝るのが筋。

だから彼は、私を見てきたのだ。

「自分がされたくないから、とか、周りに合わせておかないと駄目だから――って気持ちは、わからないでもないわ。私はよく干される側の人間だから。でも、私はあなたを許せない」

謝ればなんでもかんでも許してもらえると思ったら、大間違いだ。

そんなの加害者側が都合よく思っているだけで、被害者側は謝られたところで気なんて晴れない。

「わかってる……。こんなことで、許してもらえるなんて思ってないから……」

それはちゃんと、彼女もわかっているらしい。

「そう、ならいいわ。どうするのか知らないけど、これからのあなたの誠意を見せてもらう」

私が許すかどうかなんて、これからの彼女次第だ。

これで、いいんでしょ？

そういう意味を込めて、彼を見ると——とても、意外そうな顔をしていた。

何よ、その顔は……！

もしかして、私が許そうとはせず、怒鳴り散らすとでも思ってた!?

絶対そういう顔よね!?

明らかに失礼な顔をしている彼に対し、私はそう思うけど、助けてもらったこともあってグッと我慢をした。

そうしていると——。

「ありがとう……」

竜胆さんに、お礼を言われてしまった。

なんだか、凄《すご》く複雑な気分。

少なくとも、お礼を言われるようなことではないのに。

彼女はその後、申し訳なさそうに頭を下げながら去っていった。

あれが、ポーズだけじゃないと信じたい。

「大丈夫か？」

二人きりになると、やっと彼が声をかけてきた。

この男、わざとじゃないでしょうね……？

「えぇ、大丈夫……」

放置されていたことを少し根に持ちつつも、私は小さく頷く。

体のしんどさは増しているけど、これ以上彼に心配をかけたくない。

……そういえば結局のところ、どうして彼はここにいたのだろう？

「あの――」

「早く着替えないと、風邪を引いてしまうな。とはいえ、そのまま廊下とかを歩くわけにも……ちょっと待ってくれ」

聞いてみようとしたのだけど、彼はなぜか奥の曲がり角へ向かって歩いて行く。

そして、地面に置いてあったスマホを手に取ると、操作を始めた。

……なんで、あんなところにスマホが？

「もしもし、九条《くじょう》院《いん》さんですか。実は――」

彼は誰かに電話をかけ、話し始める。

多分この状況のことを説明しているんだろうけど、いったい誰に電話をかけているのやら……。

「すぐに来てくれるから、もう少し待ってくれ。その間に、これを渡しておく」

「これ……」

チャットアプリ経由で送られてきたのは、先程の一部始終を収めた動画だった。

彼も、撮っていたようだ。

「不穏な気配だったし、何度かフロストさんにあの子らが絡んでいるのを見てたからな。念のため撮っておいたんだよ」

ちゃんとした証拠もあるのに、それを隠していただなんて——捕手《キャッチャー》をしてるだけあって、食えない男ね……。

「これを使えば、先生たちに濡《ぬ》れてる説明ができるし、あの子らを懲らしめることもできる。それでどんな罰が向こうに下ろうと、それは自業自得だ」

たとえ酷い罰が下ったとしても、彼女たちに同情する必要なんてない。

そういうことでしょう。

「——お待たせ……！って、うわ、本当にビショビショ……！」

少しして、黒髪の綺麗《きれい》な女性が現れた。

テレビで見たことがあるから知ってる、野球部のマネージャーの人だ。

確か名前は、九条院先輩だったはず。

その手には、タオル数枚とジャージの上着が握られていた。

「すみません、昼休み中に」

「ううん、大丈夫。ちょうど食べ終わった頃だったしね。それに、ちゃんと頼ってくれて嬉《うれ》しい」

九条院先輩は、ニコッととても優しそうな笑みを浮かべる。

噂《うわさ》で聞いたことがあるけど、本当に人が好《よ》さそうな人だ。

……二人、仲いいのね……。

「ありがとうございます。俺が付いて行くと変な誤解を生みかねませんし、先生たちの信頼が厚い九条院さんに、この後のことはお願いしたくて」

「うん、女の子同士のほうが何かと都合がいいしね。先生たちにお願いして、予備の制服も借りてあげるから大丈夫」

彼女は白川《しらかわ》君にそう言うと、私のほうを見てくる。

「直接お話をさせて頂くのは初めてだね。普通科普通コース二年の、九条院撫子《なでしこ》です。後輩が酷いことをしちゃったそうで、ごめんなさい」

深々と、九条院先輩は頭を下げてきた。

「どうして、先輩が謝られるのですか……？」

彼女の行動の意味が分からず、私はつい尋ねてしまう。

「同じコースの子らしいからね、先輩として謝る必要があるよ。それに、普通コースの子たちがみんな、あなたに危害を加えたような人たちと同じだって思われたくないから」

なるほど、そういうことね……。

どうしても人は、組織単位で人を判断するところがある。

誰か一人でも悪いことをすれば、そこに所属している人たちみんなが同じ目で見られたりするのだ。

だから学校側も、悪評が流れないように生徒たちの行動を厳しく取り締まったりする。

「髪、失礼するね」

彼女は手に持っていたタオルを私の髪にかけてくる。

そして、優しく拭き始めてくれた。

「あの、自分で……」

「いいからいいから。全部まだ使用していないものだから、安心してね。体は、着替える時に拭こっか」

面倒見のいい先輩なのでしょう。

全く関わりがなく、他人に冷たいことで有名な私の面倒まで見てくれるのだから。

「私のジャージだけど、予備のだからいったんこれを着てくれる？」

タオルで拭き終わると、ジャージの上着を羽織らせてきた。

「えっ、でも私の服は濡れて……」

「いいのいいの。本当は脱いでからのほうがいいだろうけど、人目が気になるでしょ？」

ここに男子は白川君しかいないから、彼さえ見ないでいてくれたら――とは言ってられない。

外なのだから誰が見ているかわからないのだし、下着姿になるのは恥ずかしくて嫌だ。

「服が透けちゃってるから、見られないようにこうしておこうね？」

どこまでも気が回る先輩だ。

マネージャーをしていることで、こういう気遣いができるようになるのかな……？

「さて、このまま彼女は連れて行くね。賢人《けんと》君は、どうする？」

私にジャージを着せ終えると、九条院先輩は白川君へと視線を向けた。

賢人君……下の名前で、呼んでいるんだ……。

「一緒に行くと、九条院さんに来てもらった意味がありませんので、少しずらして戻ります。動画については、フロストさんに既に渡してありますので」

「そっか、わかったよ。多分君のほうにも後で先生が聞きに行くと思うから、その時は対応してあげてね」

「はい、彼女をよろしくお願いします」

こうして私たちは白川君を残して、校舎のほうへ戻ることになった。

その道中――。

「フロストさん……うぅん、今は白川さんって呼んだほうがいいのかな？」

歩き始めてすぐに、九条院先輩は話しかけてきた。

「どちらでも大丈夫です……」

「そっか、じゃあ白川さんって呼んでおくね。賢人君とは、仲いいの？」

二人ともが黙り込むと気まずい空気が流れるので、軽い雑談をしようということなのだろうか？

それとも、彼との関係が気になるのか――。

「いえ、むしろ仲が悪いと思います……」

私は、正直に答えた。

ここで嘘《うそ》を吐《つ》いても、意味なんてないと思ったから。

「……まぁ、噂には尾ひれ背びれが付いたりもするから、全てを信じてたわけじゃないけど……仲が悪いってことはないんじゃないかな？」

噂が、どのことを指しているのかはわからないけど、なぜか九条院先輩は私が言ったことを嘘だと思ったようだ。

「どうして、そう思うのですか……？」

「女の勘、かな。二人を見ててなんとなくそう思ったの。それに――彼があそこまで怒っているのは、初めて見たから」

白川君は一度も怒鳴ってはいないし、九条院先輩が来てからは特に落ち着いている様子だった。

それでも、彼女から見たら違うものがあったらしい。

「彼ってね、他人と衝突するのを嫌うの。チームメイトをまとめないといけない立場ってのもあるけど、人間関係が悪くなるのが嫌なんだと思う。だから、嫌なことがあっても笑顔で流したり、なるべく言い方を考えた話し方をしたり……尾を引くようなことをしたがらない。そんな彼が、あそこまで怒るってことは、彼にとって白川さんは大切な子なんだろうなぁって」

「――っ」

私は思わず、息を呑《の》んでしまう。

私とは結構険悪な雰囲気になったり、言い返してきたりもするけれど、それは私が過剰に突っかかっていたせいだろう。

そんなことよりも、大切な子——というのは、実際に彼が口にしていた。

ここまで彼をよく見ている人が言うのなら、やっぱりそういうことなんだろう。

どうしよう、鼓動が速くなってきた……。

「正直心配してたんだけど、白川さんも今は賢人君のことを嫌ってなさそうでよかった」

「嫌いだなんて……その、先程も助けてもらいましたし——」

そこまで言って、ふと気が付く。

私、彼にお礼を言ってない……。

「す、すみません、戻ってもいいですか!?」

「えっ、何か忘れものでもしちゃった？」

「その、彼にお礼を言ってなくて……！」

「あっ……」

私の言葉を聞くと、九条院先輩は意外そうな表情をする。

そして——すぐに、優しい笑みを浮かべた。

「うん、それはちゃんと伝えないといけないことだね。いいよ、戻ろっか」

今まで沢山の人を見てきたけど、ここまで一緒にいて嫌に思わない人は初めてだ。

学校で一番人気とか聞いたことがあるけれど、それは見た目のかわいさだけが理由ではないのだろう。

彼女に惹《ひ》かれる人が多い理由もわかる。

もしかしたら、彼も――。


「――あれ、いない……？」

私たちがいた校舎裏に戻ると、彼の姿はなかった。

どこに行ったんだろ……？

「この奥だよ」

何か知っているらしき九条院先輩が、笑顔で奥の曲がり角を指さす。

そういえば、彼はあそこから出てきたんだっけ……。

私は曲がり角を目指して歩を進める。

――ビュッ！　ビュッ！

何、この風切り音《かざきりおん》……？

突然風を切るような音が聞こえてきて、私は戸惑ってしまう。

その音は、曲がり角に近付くにつれ、大きくなっていく。

曲がり角を覗《のぞ》き込んでみると――。

「ふっ……！」

制服姿のままバットの素振《すぶ》りをしている、白川君がいた。

「彼、いつもお昼休みはここで自主練をしてるの。普段は食堂で食べてから来てるんだけど、今日はお弁当があるから、授業が終わってすぐにここに来たようだね」

九条院《くじょういん》先輩に言われて見ると、私が渡したランチバッグが隅に置かれていた。

まだ、食べてないのかしら……？

「どうして、こんな隠れるようにして素振りを……？」

「実際、隠れてるんだよ。彼、努力しているところを見られたくないらしいから」

「どうして……？」

私は理解できず、九条院先輩を見る。

「昔、いろいろとあったみたいだね。彼も褒められるためじゃなく、自分の成長のために努力してるだけだから、変な争いの種を生まないようにしてるらしいの」

努力をすることで、チームメイトと揉《も》めたりしたのだろうか？

少し、想像しづらい。

「といいますか、それでしたら私を連れて来たら駄目なのでは……？」

彼が隠したがっているのを知っていて、彼女は私を止めなかった。

それどころか、居場所まで教えてくれたわけで……。

「賢人君には嫌に思われちゃうだろうね。でも私は、頑張ってる姿を誰か知っておくべきだと思うの。彼って見た目や態度で勘違いされやすくて、努力もせずに才能だけで結果を出してると思われちゃうところがあるし。まぁ、彼がそう振る舞っているせいってのもあるんだけどね」

胸が痛い。

彼女にその気がないというのはわかっていても、自分のことを言われているように感じたから。

実際私は、彼を見た目で決めつけてしまった。

「先輩は、よく彼のこういう姿を見ているんですか？」

言い方的に、なんとなくそんな気がした。

「あはは……こう言うと誤解されちゃうかもだけど、お昼休みは用事がない限りコソッとね。だって、かっこいいじゃん」

……その誤解は、いったい何に対する誤解なのだろう？

気になったけど、聞くのは怖かった。

「声をかけなくていいの？」

「少しだけ、待ってください……」

私は彼の素振り姿を見つめる。

後ろ手の脇を大きく開け、バットの先を投手《ピッチャー》に向けるように倒す構え方。

両脚は地に着け、腰を回転させた際に前脚がピンッと伸び、後ろ脚が一瞬だけ浮くスイング。

それなのに、スイングの際に頭がほとんどブレていない。

何度も録画で見直した時から思っていた。

やっぱりこのバッティングフォームは――パパと、同じだ……。

「……ごめんね、濡《ぬ》れた服のままでいると、風邪を引いちゃうから」

「えっ――」

「賢人君、ちょっといい？」

戸惑う私を他所《よそ》に、九条院先輩は白川《しらかわ》君に声をかけてしまった。

「……まじか」

よほど集中していたのか、声をかけられるまで私たちに気付かなかった白川君は、気まずそうに視線を逸《そ》らす。

九条院先輩の言う通り、素振りしているところを見られたくなかったんだろう。

「何か、忘れものですか？」

「忘れものといえば、忘れものかな？　ほら、白川さん」

トンッと、優しく背中を押される。

私は白川君の傍《そば》に歩いて行き、彼の目を見つめた。

「その……お礼を言い忘れてて……助けてくれて、ありがとう……」

「なんだ、そんなことか……。別に、わざわざ言いに来てくれなくてよかったのに」

白川君は頬を指でかき、顔をほんのり赤く染めながら視線を私から逃がしてしまう。

照れているらしい。

「お礼を伝えることは大切だよ。それじゃあ白川さん、職員室に行こっか？」

用事が終わったからだろう。

濡れた服のままでいると風邪を引いてしまうので、彼女は早く戻ろうとしてくれた。

しかし――。

「あっ、えっと……」

まだ言いたいことがあった私は、九条院先輩の言葉に躊躇《ちゅうちょ》してしまう。

「何か、他にもあるのか？」

そんな私の様子を見て、白川君は気が付いてくれたらしい。

彼のほうから聞いてくれた。

「お弁当、まだ食べてないの……？」

「あぁ……ごめん、後から食べようと思ってたんだ。感想はもう少し待ってくれるか？」

どうやら、私が味の感想を気にしていると思われたらしい。

「そうじゃなくて……私もまだだから……。先生のところに行ったり、着替え終わったりしたら、ここに来てもいいかしら……？」

私は元々、お昼休み彼のところに行く予定だった。

少しでも、今までの挽回《ばんかい》がしたくて。

「「…………」」

私の質問に対し、白川君と九条院先輩が固まってしまう。

それだけ、二人にとって予想外だったようだ。

「あっ、えっと、別に他意があるわけじゃなくて……！　久しぶりに料理したから、感想が気になるだけで……！」

気まずい空気に、私は慌てて言い訳をしてしまう。

そんなつもりじゃなかったのに、つい口から出てしまった。

「なるほど……でも、時間があるのかな……？」

一応納得したらしき白川君が、困ったようにスマホを見る。

既にお昼休みになってから結構時間が経《た》っているので、先生に言いに行ったり、着替えたりしてたら、食べる時間があまりないのかもしれない。

「……もし難しそうだったら、私が連絡してあげるよ。それでどう？」

話を聞いていた九条院先輩が、そう提案をしてくれる。

私が彼に連絡するのが筋だと思うけど、先生たちに長く捕まった場合のことを考えてくれてるんだと思う。

そうなったら私は連絡する暇がないので、彼女が連絡してくれたほうが有難い。

「そう、ですね……。すみません、お願いできますか？」

彼はまだ戸惑っているようだったけど、頷《うなず》いてくれた。

それに対し、九条院先輩は少しだけ寂しそうに笑みを浮かべる。

「うん、もちろんだよ。どうせなら私も──って言いたいところだけど、残念ながら私はもう食べちゃったから、ご一緒はできないね」

もしかしなくても、彼女も一緒に食べたかったらしい。

「…………」

「ほら、白川さん。そういうことなら急がないと、時間なくなっちゃうよ？」

思うところがあって九条院先輩を見つめていると、腕を取られてしまった。

「それじゃあ賢人《けんと》君、また後で連絡するね」

「はい、お手数をおかけしてすみません」

「いいんだよ、これもかわいい後輩のためだから」

彼女は笑顔でそう告げると、私の手を引っ張っていくのだった。

──その後は、先生方に事情を全て話し、九条院先輩も味方をしてくれたことで、先生方はすぐに信じてくれた。

九条院先輩が上手《じょうず》に言ってくれたおかげで、詳しくは放課後話すということになり、私は予備の制服を貸してもらうことができた。

彼女には何度もお礼を伝えた後、私は更衣室を貸してもらう。

そして着替え終わると、彼のもとに行き──仲良く、二人でお弁当を食べたのだった。

ちなみにこれは後日談なのだけど、動画をもとにギャルたちは悪質だと判断され──

リーダーらしき子は退学、他の三人は一ヵ月の謹慎処分が決定したらしい。

リーダーだけ退学になったのは、彼女の行動が危険すぎるので、学校に残してはおけないと判断されたようだ。

みんな自業自得なので、これでよかったんだと思う。

ただ、白川君には――

「今日と同じことがまた起きないとも限らないから、その時は遠慮せず呼んでくれ。これでも一応、兄だから……な？　まぁ、こうならないよう、周りとうまくやってくれるのがいいんだけど」

――と、お弁当を食べている時に困ったような笑みを浮かべながら、遠回しに優しく注意されてしまったのだけど。

◆

「九条院さん」

部活終わり、俺はウォータージャグを洗っていた九条院さんに声をかける。

それによって九条院さんだけでなく、他のマネージャーの視線も一斉に俺へと向いたので、少し気まずかった。

「あっ、賢人君、お疲れ様。どうしたの？」

「お昼はありがとうございました。その……二人きりになって、彼女は何か失礼をしたりはしませんでしたか……？」

今日の彼女なら大丈夫だと思うけど、一応確認はしておきたかった。

前までの彼女なら、善意でいろいろとやってくれた人にも、平気で毒を吐きそうだったから。

「ふふ、何を心配しているのかはわからないけど、とてもいい子だったよ。噂《うわさ》は、やっぱり噂だよね」

わからないと言っているくせに、俺が何を心配しているのかちゃんとわかっている。

失礼がなかったようで、ホッと胸を撫《な》で下ろした。

しかし――。

「えっ、それってもしかしなくても、フロストさんのことですか!?」

他のマネージャーたちが凄《すご》く意外そうに見てきた。

名前は出していなくても、誰かわかったんだろう。

「そうだよ？」

九条院さんは、キョトンとした表情で首を傾《かし》げる。

「とてもいい子……？　私、前に話しかけたことがありますけど、普通に塩対応されましたよ……！」

「そうそう、話しかけてくるなって感じで……！　めっちゃ怖かったですもん……！」

「ほんと、氷の女王様って感じでしたよ……！」

翔太《しようた》だけでなく、他にも無謀な挑戦をした子はいたらしい。

みんな、コミュ力高いな……。

「そうなの？　まぁ、私の場合は状況が状況だったのもあると思うけど――」

なぜか、九条《くじよういん》院さんはチラッと見てくる。

「どこかの白馬の王子様が、彼女の氷のハートを溶かしたのかもね」

そして、とても意味深なことを言いながら、俺に笑いかけてきた。

「ちょっ、何を!?」

とんでもないことを言われたので、俺は顔が一瞬にして熱くなる。

絶対これ、昼休みの弁当のやりとりで勘違いされただろ……！

「「あ～！」」

マネージャーたちも、なぜか納得したように頷きながら、俺の顔を見てきた。

彼女たちは皆《みな》普通コースの子なのだけど、俺とフロストさんがラブラブだという尾ひれが付いた噂が飛び交っているのかもしれない。

「九条院さん、変な誤解を生むようなことは言わないでください……！」

「誤解、なのかな？」

彼女は純粋な瞳で、ジッと俺の顔を見てくる。

「くっ……俺、この後も用事あるんで、もう着替えて帰ります……！」

この人にはフロストさんと別の意味で、言い合いで勝てる気がしない。

どうせ言い含めようとしても、気が付いた時には言い含められているのがオチだ。

「逃げちゃった」

「逃げたね」

「珍しい」

後ろではマネージャーたちが好き放題言っているが、気にしない。

どうせ明日にもなれば、今日のことは忘れているはずだ。

……多分。

「はぁ……無意識かもしれないけど、図星だったんだろうね……」

「先輩……？」

「ううん、なんでもないよ。私たちもサッサと片付けを終わらせて、帰ろっか」

「「は～い！」」

なんだか後ろから元気のいい声が聞こえてきたので、反射的に振り返ると、マネージャーたちがテキパキと片付けを再開していた。

どうやら、俺たちの話は終わったらしい。

「変な勘違いをされてないといいけど……」

俺はそのまま部室に入り、さっさと服を着替えた。

そして――フロストさんを、塾まで迎えに行く。

姿が見えた。

「あっ、出てきた」

一度注目されてしまったので、もう気にせず塾の近くで待っていると、フロストさんの

「…………」

しかし、違和感を覚える。

なんだか、フラフラしてないか……？

どうも、足元がおぼつかないように見える。

そういえば、朝寝坊するなんていう、らしくないこともしてたし……。

「フロストさん、大丈夫か？」

俺は急いで、彼女に声をかける。

「あっ、白川《しらかわ》君……迎えに来てくれたのね、ありがとう……」

フロストさんは俺に気が付くと、ニコッと笑みを浮かべた。

……やっぱり熱があるんじゃないか？

今日の彼女は一日中、なんだかおかしい。

だって、こんな……迎えに来ただけで、彼女は笑いかけてなんかこないだろ……？

「しんどそうだな、熱が出たんじゃないか……？」

思い出すのは、昼休みの水をかけられた事件。

夏とはいえ、元々体調が悪かったところに水をかけられたのなら、悪化して熱が出てい

ても不思議じゃない。

「大丈夫よ……。今日習ったことが難しかったから、頭を使いすぎてしんどいだけ……」

全然そうは見えないんだが……？

だけど、彼女を問い詰めたところで素直に話すとも思えない。

むしろ、怒って一人で帰るとか言い出しかねないだろう。

こんな状態でそんな我《わ》が儘《まま》を言われたら困ってしまうので、俺はいったん様子を見ることにした。

「ご飯はどうする？　食べて帰るか？」

しんどいなら、料理を作ることは無理だろう。

そう思って、声をかけたのだけど……。

「ごめんなさい、今日はコンビニのお弁当でいいかしら……？」

食べて帰るのも、しんどそうだった。

やっぱり、かなり体調が悪そうだ。

早く家に連れて帰って、ゆっくり休ませたほうが良さそうだ。

「わかった、お弁当を買って早く家で休もう」

「えぇ、ありがとう……」

俺たちは駅のコンビニでお弁当を買い、電車に乗って家に帰る。

そして私服に着替え、お弁当を食べ始めたのだけど――。

「…………」

フロストさんの箸は、全然進んでいなかった。

「本当に大丈夫か……？」

「ごめんなさい、今はあまりお腹《なか》が空《す》いていないみたいなの。後で食べるわ……」

彼女はそう言うと、弁当の蓋を閉めてしまった。

「しんどいなら、病院に行こう」

これ以上悪化する前に、診てもらったほうがいい気がした。

夜間外来なら診てもらえるはず。

しかし――。

「大丈夫よ……。いろいろとあって疲れてるだけだから。先に休ませてもらうわ」

フロストさんは、リビングを出て行ってしまった。

かなりしんどそうだけど……まぁ、休むって言ってるなら大丈夫か……。

とりあえず、お風呂を入れたり、練習着を洗ったりしよう。

そうやって、自分の練習着を洗い、お風呂を入れると――。

「フロストさん、お風呂沸いたけど入れる？」

彼女に声をかけにいった。

風呂はいつも彼女が先だし、体を温めたほうがいいかもしれないと思ったから。

だけど、中から返事はない。

もしかしてもう寝たのだろうか？

「入らないなら、濡《ぬ》れた制服だけでも洗いものに出してくれると助かるんだけど……」

今日学校から借りた制服は、また明日にでも洗えばいい。

どうせ明日は土曜日なのだから。

しかし濡れた制服は、そういうわけにもいかないだろう。

だけど、中からは声がしなかった。

「やっぱり返事はないか……」

寝ているのなら、無理に起こすことでもない。

だから、部屋を後にしようとしたのだけど――。

「本当に、寝ているのか……？」

なんだか、嫌な予感がした。

寝ているだけならいい。

後でおとなしく怒られよう。

でも、寝ているわけじゃなく、気を失っているのなら――そう思った俺は、恐る恐る彼女の部屋のドアを開けてみた。

すると――机に突っ伏す、フロストさんが見えた。

「はぁ……はぁ……」

「おい、大丈夫か……!?」

明らかに呼吸がおかしかったので、俺は慌てて彼女の額に手を当てる。

「あつっ……！　やっぱり、熱があるんじゃないか……！」

フロストさんの体温は平熱からほど遠く、下手《へた》をすると40℃くらいの熱が出ているかもしれない。

「だい……じょう……ぶ……。ただの……風邪……よ……」

意識も朦朧《もうろう》としているようだ。

彼女の右手にはシャーペンが握られており、机の上には参考書と書きかけのノートがあった。

こんな状態だというのに……休むと言っていたくせに、まだ勉強を……。

「馬鹿、なんで勉強してるんだよ！　休めよ！」

あまりにも腹が立ち、つい怒鳴ってしまった。

「だ、だって……」

「だってもくそもあるか！　待ってろ、すぐに救急車を呼ぶ！」

熱があるだけならタクシーで行こうかと思っていたが、意識も朦朧としてるなら早く診てもらわないとまずい。

俺はそのまま救急車をお願いし、迎えが来るのを待った。

そして、彼女の付き添いで病院へと行くと——

「ただの風邪ですね。疲労が溜《た》まって体調を崩していたところに、服が濡れたままでいたから悪化してしまったんでしょう」

――性質《たち》の悪い感染症とかではなかった。

俺はホッと胸を撫《な》で下ろす。

服が濡れたことを知っているのは、俺が先生に話したからだ。

何か、体調が悪化するような心当たりはなかったか、と聞かれたから。

「休んでおけばいいんですね?」

「薬を飲ませて、安静にしてください。一晩もすれば、熱は下がるでしょう」

よかった……。

この、心配かけやがって……。

俺は、眠りについているフロストさんの頭を優しく撫でる。

もう……身近な人を亡くすのは嫌だ。

休めば治る程度の風邪で、本当によかったと思う。

その後は、先生にお礼を言って診察代を払い、お薬ももらった。

そして寝ている彼女をおんぶし、タクシーを使って家に帰る。

「ちゃんと寝ておくんだぞ?」

俺はフロストさんの部屋のベッドに寝かせると、彼女の頭の下に氷枕を入れて、もう一度優しく頭を撫でた。

「んっ……」

撫でた直後、フロストさんの目が薄《うっす》らと開く。

あっ……しまった……。

撫でたせいで、彼女は目を覚ましてしまったようだ。

「しら、かわ……くん……」

「ごめん、起こしちゃったな……」

熱に浮かされているんだろう。

瞳がトロンッとして熱っぽい。

起こしてしまうなんて、悪いことをしてしまった……。

「………」

直後、頭から離した手を彼女に摑《つか》まれてしまう。

「なっ⁉」

こ、これは、起こしたことに対する怒りというか、勝手に撫でたことへの怒りか……？

そう思ったのだけど――。

「こう、しときたい……」

怒られることはなく、なぜか手を繫《つな》げられてしまった。

「フロストさん……？」

「ソフィア……」

「えっ……？」

「もう、フロストじゃない……。だから、ソフィアって呼んで……？」

普段絶対聞かない猫撫で声のような甘ったるい声で、彼女はおねだりとも取れるようなことを言ってきた。

いったいどうしたというのか。

熱に浮かされて、甘えん坊になっているとか……？

「嫌じゃないのか？」

てっきりソフィア呼びは嫌がると思っていたので、ずっとフロストさんと呼んでいた。

だからこそ、今になってソフィア呼びをお願いされると、戸惑うわけで……。

「んっ……。ソフィアがいい……」

どうやら俺の考えとは逆に、彼女はソフィアと呼んでほしかったようだ。

確かに考えてみれば、苗字《みょうじ》が変わったのに前の苗字で呼ばれるのは嫌か……。

なかなか言わなかったのは、彼女の性格によるものだろう。

「それじゃあ……」

女の子のファーストネームを呼ぶなんて滅多にないことで、俺は緊張してしまう。

喉はいつの間にか、カラカラに渇いていた。

だけど――。

「ソフィア……」

頑張って声を絞り出しながら、彼女の名前を呼んでみた。

「あっ……えへへ……」

やっぱりかなり熱に浮かされているんだろう。

まるで幼い子供かのように、かわいらしい笑みが返ってきた。

「これでいいか？」

「んっ……」

彼女は嬉《うれ》しそうに頷《うなず》くと、満足したのか目を閉じてしまった。

しかし、俺の手は放さないようにギュッと握られている。

「仕方ない、よな……？」

フロス――ソフィアが目を覚ました時に、俺が部屋にいたらうるさそうだけど、こうして捕まってしまっているんだ。

手をほどこうとして起きても困るし、彼女の手が緩むのを待とう。

何より、朝には熱が下がると言われているとはいえ、まだ熱は出たままなのだ。

ただの風邪らしいけど、念のため看病しておいたほうがいいかもしれない。

「すぅ……すぅ……」

薬が効いているのか、彼女から規則正しい寝息が聞こえるようになった。

これなら、朝には本当に熱が下がっていそうだ。

「それにしても……」

思わず、寝顔をジッと見つめてしまう。

起きている時は冷たくて殺気すら放っていそうな彼女も、こうして寝ていると年相応の女の子にしか見えない。

アイドル顔負けと言われるほどかわいいわけで、寝ている彼女を見ているとみんなが騒ぎたくなる理由もわかる。

本当に、凄《すご》くかわいかった。

何より、先程の幼い子供のような笑顔が、頭から離れない。

「部屋も、女の子らしいんだよな……。もっと殺風景かと思っていたけど……」

やることがないので、つい部屋の中を見回してしまう。

桃色が好きなんだろう。

カーテンやマット、ベッドやタンスなどの家具は、白色と桃色を基調として揃《そろ》えられていた。

猫や犬、うさぎなどのぬいぐるみも沢山あり、本当に女の子らしい部屋だ。

誕生日プレゼントは、ぬいぐるみをあげたら喜んでくれると思う。

「――って、何を考えているんだ、俺は……」

俺からのプレゼントを、彼女が受け取るはずがない。

どうせ気持ち悪がられて終わりだ。

……だけど――今日の彼女を見ていると、もしかしたら……という期待はあった。

「これが本当に、熱のせいで別人みたいに変わっていました……だったら、笑えないけどな」

もし本当にそうなった場合、さすがに落ち込みそうだ。

人間不信にすらなるかもしれない。

「俺を振り回す女の子なんて、君くらいだよ……」

元々親しい女の子がほとんどいなかった、というのもあるが、それを差し引いてもここまで俺を振り回す子はいないだろう。

彼女と一緒に暮らすようになってから、まるで別の世界に住み始めたかのように日常が変わった。

これからも多分、彼女には振り回され続けるのだろう。

「でも、そういう生活も……案外悪くないのかもな……」

特にここ二日は、正直楽しいという気持ちもあった。

一緒に暮らし始めたばかりの時は憂鬱でしかなかったのに、今彼女と一緒にいるのは嫌じゃない。

少しずつ、打ち解けているということなのだろう。

「早く元気になってくれよ」

俺はそう言って、彼女の寝顔を見つめる。

そのまま手が緩むのを待ち、抵抗なく手がほどけるようになると、一度自分のことをしに部屋を出た。

ぬるま湯となったお風呂に入り、彼女の濡《ぬ》れた制服と自分の服を洗って干すと、今度は下着やタオルを入れて洗濯機を回す。

それらが終わってからは——ソフィアと手を繋ぎ直し、ずっと彼女の傍《そば》に座っておくのだった。

——もちろん、朝になって彼女が目を覚ませば、手は放すのだけど。

◆

「——んっ……」

チュンチュンと鳴く小鳥のかわいらしいさえずりで、私はゆっくりと目を覚ます。

昨日寝た記憶がないのに……いつの間にか、寝ていたみたい。

私、なんで——

「——起きた？」

「……えっ？」

顔を覗《のぞ》き込まれ、一瞬にして頭がフリーズしてしまう。

どうして、なんで——という言葉が、私の頭の中を駆け巡った。

だって……白川《しらかわ》君が、私の部屋にいるんだもん……。

『〜〜〜〜っ!?　ななな、何して!?　なんで私の部屋にいるの!?』

「落ち着いてくれ、興奮するとまた熱が上がる」

『無理よ……！　私の部屋にあなたがいるなんて、絶対変なことして――！』

そこまで言って、気が付く。

一緒に暮らしていてわかったことだけど、彼は無謀なチャレンジなどしない。

こんな寝込みを襲うような馬鹿げたこと、するはずがないのだ。

となれば、別の理由があるわけで――思い返すのは、《また熱が上がる》という言葉。

……うぅ……頭が痛くなってきた……。

「お、おい、頭を押さえているけど、痛いのか？」

優しい彼は、私の行動を見て心配をしてくれる。

「違う……頭は痛いけど、そういう痛いじゃない……」

「……？」

私の言っている意味がわからず、怪訝《けげん》な表情で首を傾《かし》げる。

だけど、私は説明したくなかった。

本当に頭痛い……看病してくれた相手に、また文句を言っちゃうなんて……。

「大丈夫なのか？」

「えぇ、大丈夫……」

心が痛むだけで、体はもうすっかり元気になっていた。

彼が看病してくれたおかげだろう。

「そうか、よかったよ」

私のことを、本気で心配してくれていたんだろう。

彼はとても優しい笑顔を向けてきた。

「――っ」

それにより、私は布団の中に顔を隠してしまう。

「お、おい、本当に大丈夫か……？」

「大丈夫だってば……」

ただ、今は顔を見せられないってだけで……。

「でも、耳が赤くなってるぞ？　熱がぶり返したんじゃ……？」

布団を顔の部分まで持ち上げるようにしたのだけど、全部は隠れてなかったみたい。

『ばか……』

この熱は、同じ熱でも風邪が原因じゃない。

いつもは鋭いくせに、ほんとこういう時は鈍感男……。

「……まぁ、無理はしないようにな。眠たいなら、もう一度寝ればいい」

どうやら布団に潜った理由を、勘違いされたらしい。

でも、今はそう勘違いしてくれているほうが都合がよかった。

白川君は部屋を出ようとはしないから、引き続き看病をしてくれるようだ。

「寝てないでしょ……？　自分の部屋で寝たら……？」

「後でちゃんと寝るさ」

「そう……」

彼は頑固だから、説得しても私が寝るまで寝ないだろう。

だからお言葉に甘えて、もう一度寝させてもらうことにした。

もちろん、寝顔を見られないように、彼には背を向けて目を閉じる。

そうして、眠りにつき——次に目を覚ましたのは、お昼だった。

◆

「おかゆ、また作ってくれたんだ……」

白川君が出来立てのおかゆを持ってきてくれたので、私はつい頬が緩んでしまう。

だけどこんなだらしない顔を彼に見られたくないので、思わず俯《うつむ》いてしまった。

「熱は引いたけど、風邪はまだ治ってないからな。おいしくないかもしれないけど、食べてくれ」

「そんな謙遜、言わなくていいわよ……」

おいしいってことは、十分知ってるから……。

「力は入るか？」

「入らないって言ったら、食べさせてくれるわけ……？」

チラッと、期待したように彼の顔を見てみる。

それによって彼は目を泳がせ、困ったように頬を指でかいた。

「まぁ、力が入らないのに食べようとしたら、火傷《やけど》するかもしれないからな。ソフィアが嫌じゃなければ、食べさせるよ」

顔がほんのり赤くなっているので、照れているのがわかる。

こんな私でも、ちゃんと女の子として認識してくれるんだ。

不思議と、今はその気持ちが嬉しい。

昔だったら、絶対こんな態度を取られるのは嫌だったのに。

「そうね……火傷したくないから——ちょっと待って」

私はふと気になったことがあり、言葉を止めてしまう。

「どうした……？」

そう聞いてくる彼だけど、私と目を合わせようとしない。

私が止めるとわかっていたんじゃないだろうか。

「今、私のことなんて呼んだ……？」

「………ソフィア」

私から顔を背け、バツが悪そうに名前を呼んでくる白川君。

確信犯じゃない！

「何シレッと、人のことファーストネームで呼んでるの……!?」

「ちがっ、ソフィアがそう呼ぶように言ったんだ……！」

「私が!?　そんなことあるわけ——！」

そこまで言って、ふと過《よぎ》る嫌な記憶。

……うぅん、違う。

夢だと思って、なかったことにしたかったものだ。

薄《うっす》らとだけど、確かに夢の中で彼に対して甘えるようにそんなことを言った気がする。

あれ——夢じゃなかったんだ……！

「〜〜〜〜っ！」

私は恥ずかしさのあまり、布団の中に潜ってしまう。

もうやだ！

本当にやだ！

なんでこうも、恥ずかしい目に遭わないといけないのよ……！

私がいったい、何をしたっていうの……！

「お、おい、大丈夫か……？」

寝る前と同じように、心配した声で白川君は声をかけてくれる。

『穴があったら、入りたい……』

というか、消えてなくなりたい……。

こんなの、一生分の恥よ……。

「えっと……まぁ、嫌ならフロストさん呼びに戻すぞ……？」

私が悶《もだ》えているのを見て、嫌がっていると勘違いしたんだろう。

白川君がそう提案をしてきた。

「……別に……今更、いいわよ……」

「いや、でも……」

「いいったら、いいの……！」

ここでフロストの呼び方に戻させちゃったら、逆に意識しているみたいに思われるじゃない……！

熱のせいで凄《すご》く恥ずかしい目に遭っているけど、私は彼を意識してないんだって思わせないと……！

そう、平常心よ、平常心……。

「まぁ、ソフィアがいいならいいけど……」

そう名前を呼ばれ、むずがゆい感覚に襲われる。

恥ずかしいような、嬉《うれ》しいような――そんな感じ。

「おかゆ、冷めちゃうから食べないか……？」

白川君の言う通り、このままではせっかくのおかゆが冷めてしまう。

彼が作ってくれたのに、冷ますのは申し訳ない。

「え、ええ、そうね……。ほ、ほら、力が入らなくて火傷すると危ないから、その……」

そう言って布団から顔を出し、先程のやりとりを頑張って持ち出す。

今まで誰にも甘えてこなかった私は、甘え方がよくわからない。

ましてや散々酷《ひど》い態度を取った相手に、今更素直に甘えることなんてできず——つい、理由付けをしてしまった。

「わかった……」

彼は緊張したように、ぎこちない手で私の手からおかゆを受け取る。

そしてレンゲで掬《すく》い、ふーふーと息をかけた後、私に差し出してきた。

「ほら、あ～ん」

「……あ～ん」

される時になって凄く恥ずかしさが込み上げてきたけど、私はおとなしく口を開けた。

レンゲが口の中に入ってくると、唇を使って中身のおかゆだけを取り出す。

口の中からレンゲが出て行くと、ゆっくりと咀嚼《そしゃく》をした。

「おいしい……」

「そっか、よかったよ」

素直に感想を伝えると、彼は嬉しそうに笑みを浮かべた。

その笑顔を見るだけで、私の胸はドキドキとしてしまう。

「ゆっくり食べたらいいからな？」

そう言って、彼はまたおかゆが入ったレンゲを差し出してくる。

この時間を終えるのが惜しかった私は——お言葉に甘えて、ゆっくりとおかゆを食べ進めるのだった。

そんな、温かくて心地いい時間の終わりを迎えた時のこと——。

「ごちそうさまでした」

おかゆを全て食べきった私は、両手を合わせて頭を下げた。

本当においしかった。

お母さんの料理もとてもおいしいけれど、このおかゆはまた違ったおいしさがあると思う。

なんというか、胸が温かくなるというか……。

彼には、絶対言えないけど。

「おそまつさまでした。食べたばかりだから、すぐに転ばないようにな？」

「えぇ、わかってるわ」

「俺は食器を洗ってくるから、何かあったら呼んでくれ」

彼はそう言って、椅子から立ち上がる。

面倒見がいい人よね……。

「ごめんなさい、部活を休ませることになった上に、世話まで焼かせて——」

そこまで言って、ふと嫌な予感が頭を過る。

普段彼は、この時間部活に行って練習をしていた。

普通なら今日だって、そこは変わらないはず。

でも、今日は――。

「待って、今日大会じゃないの!?」

今日って、土曜日よね!?

実は金曜日だった、とかそういうオチじゃないわよね……!?

「……知ってたのか」

部屋を出ようとした彼は、困ったように笑いながら私のほうを振り返った。

その表情と言葉に、私の血の気は引く。

「早く行って……!　まだ、間に合うでしょ……!」

うちの学校の試合が行われるのは、今日の最終試合。

今から行けば、試合開始までには間に合うはず。

「慌てなくていいよ。監督にはもう、休ませてもらうことを連絡しているから」

「駄目よ、あなたレギュラーでしょ!?　正捕手《キャッチャー》がいなくなったら、チームに動揺が走るわ……!　それに、試合を休んだらペナルティーだって……!」

捕手《キャッチャー》はチームの要《かなめ》。

そんな人が試合当日にいなかったら、少なからずチームメイトは動揺するはず。

そして、試合を休むような人は――いらないってことで、補欠に落とされる可能性だってある。

「うちのチームは、そんなにやわじゃないさ。幸い地区予選だし、リーグ戦だから今日の相手には、俺がいなくても負けたりしない。何より、俺の代わりなんて――」

「それじゃあ、せっかく勝ち取ったあなたのレギュラーが……！」

「試合を休んだペナルティーでレギュラーを下ろされたとしても、また勝ち取ればいいだけの話だから。それよりも、そんなに興奮したら熱が上がるから、落ち着いてくれ」

彼はまるで他人事《ひとごと》のように、試合のことを心配していない。

実際に野球をしていない私でも、強豪校でレギュラーを勝ち取ることがどれだけ大変かは想像がつく。

それなのに、こんな私のせいで……。

「お願い……試合に行って……お願いだから……」

私はベッドから立ち上がり、縋《すが》るように彼の服を掴《つか》んだ。

「ソフィア……」

「これ以上、あなたに迷惑をかけるなんて……耐えられない……」

なんとか言葉を絞り出して、私の気持ちを彼へと伝える。

「体調不良なんだから、仕方ないよ。普通コースの子らのせいで体調を悪化させられたんだし、父さんたちもいない。監督だって、ちゃんとわかってくれてるから、安心して」

私が縋るように掴んだからか、安心させるように頭を撫《な》でられる。

それで少しだけ気持ちが軽くなるけれど、このまま彼に甘えるわけにはいかない。

「私は、もう大丈夫だから……。このままだと、私……黒金《くろがね》君の言う通り、邪魔をする女になっちゃう……」

彼は優しいから、私のせいで休むことになっても気にしないと思う。

周りにも、うまく言ってくれるだろう。

でも、私が彼の足を引っ張っている事実は変わらない。

今まで散々酷いことをして、その上大切なところまで彼の足を引っ張るなんて……私には、耐えられなかった。

「……わかった、ごめんな」

再度彼は、優しく私の頭を撫でてくれる。

私の気持ちが伝わったようだ。

「謝らないで……。白川《しらかわ》君が謝らないといけないようなこと、何もないから……」

彼はただ優しくしてくれただけ。

それも、自分を犠牲にして。

だから謝るようなことは、何一つしていない。

「俺の勝手な気持ちを押し付けちゃったから、それに対する謝罪だよ」

「何、それ……まじめすぎ……」

試合を休んでまで看病しようとしたことを言っているんだろうけど、そんなことを責める人がいるわけがない。

私だって、そこまでしてくれる彼の気持ちに、嬉しいという気持ちはちゃんとあるんだから。

彼の足を引っ張りたくない、という気持ちが強いだけの話だった。

「ごめんなさい……寝不足で、試合に行かせることになって……」

白川君が試合に行く気になってくれたので、私はもう一つの謝らないといけないことを謝る。

本当ならしっかりと睡眠を取って臨まないといけないことなのに、私のせいで彼を寝不足にしてしまった。

これで集中力を欠いたプレーをしたら、全て私のせいだ。

責められたって文句を言えない。

「もし……もしもだけど……もしものことがあったら……遠慮せず、私のせいにしてくれたらいいから……。というか、実際私のせいだし……」

はっきりと言葉にすると、実現してしまいそうで怖かったので、私は言葉を選びながら彼に気持ちを伝えた。

「これは俺が自分でした選択だ。ソフィアに強要されたわけじゃないんだから、君のせいになんてできないよ」

白川君は、再度優しい笑顔を私に向けてくれる。

どこまでも、優しい人……。

「だけど——ソフィアが気にしてしまうなら、今日の試合は絶対負けられないな」

「白川君……」

「約束するよ、必ず勝ってくる」

彼は笑顔でそう言うと、すぐに部屋を出て行った。

試合が始まるまでに会場に行かないといけないから、急いでいるんだろう。

本当は、私も見に行きたいけど……これ以上、自分勝手なことはできない。

今日はおとなしく、家で彼の帰りを待つことにした。

「……体が、熱い……」

◆

彼が家を出てから少しして、私はベッドに寝転がって一人考えごとをしていた。

今日まででわかったことがある。

白川君は、まず間違いなくいい人だ。

それも、演技だったり、私に取り入ろうと媚《こび》を売っていたりするわけじゃない。

根っからのいい人で、とても優しい人。

私があれだけ冷たくしたのに、何かあったら助けてくれるし、ミスをやらかしても責めるどころかフォローしてくれる。

普段嫌なことを言ってくる相手がミスしたら責めたっていいのに……そういうことを、彼はしない。

あの軽薄そうに見えた人は、いったいどこに行ったのか。

今では、同じ容姿をしていても、まるで別人のように見えてしまう。

何より、知ってしまった。

彼は野球と真剣に向き合っているだけでなく、きちんと陰で努力をしている。

そんな人……嫌うなんて、ありえない……。

それどころか、今日までの彼がしてくれたことを思い出すと――。

「駄目、これ以上は駄目よ……。だって、虫が良すぎるじゃない……」

今まで彼にしたことを思い返すと、到底この先は思い浮かべることができなかった。

「お疲れ様、賢人《けんと》君。大活躍だったね」

試合を終えてバスに乗ると、先に座っていた九条院《くじょういん》さんがポンポンッと隣の席を叩《たた》く。

そこに座れってことだろう。

「いえ、大したほどでは……」

俺は言われた通りに隣に座り、九条院さんを見る。

「ホームラン二つに三塁《るい》打《だ》と二塁打が一つずつ。最後の打席は四球《フオアボール》だったが、打点も九ついたってのに、その結果が大したことないのか。再来週の県大会は、もっと期待できそうだな？」

空いていた通路を挟んだ隣の席に柊斗《しゅうと》が座り、俺の打撃成績を口にしながらニヤッと笑みを向けてきた。

意地が悪い奴《やつ》だ……。

「四番としての活躍、次も期待してるね？」

そして、九条院さんもニコニコ笑顔で隣からプレッシャーをかけてくる。

みんな、好き放題言ってくれるな……。

「それにしても、今日はいつも以上に集中していたな。何かあったのか？」

「それは――」

ソフィアのことを言うわけにはいかないので、てきとーに誤魔化そう。

そう思ったのだけど……。

「――そんなの決まってるだろ。愛だよ、愛。愛の力を見せつけてくれたわけだ」

事情を知る唯一の人間が、ニヤニヤとしながら話に入ってきた。

「監督……変なことを言わないでください」

監督は三十二歳で、練習外では気のいいおじさんという感じなのだけど、こういったふうに他人をからかうのが大好きだ。

おかげで、今は俺が標的にされている。

「変なことじゃなく、事実だろ？　家で待つ彼女のせいで負けたなんてことにしたくないから、いつも以上に頑張ったんだよな？」

監督はニヤッと笑みを向けてくる。

まるで、人の心を見透かしているかのように。

「ちょっ、言わないでくださいよ……！　てか俺、そんなこと言ってませんよね!?」

俺が監督に伝えたのは、ソフィアの体調は回復したため、会場に向かえるようになったことと、彼女もそれを望んでいるということだけだ。

約束したなんてこと、匂わせてすらいないのに。

「一人だけ別行動だったから、もしかして……とは思ったけど、白川さん熱でも出ちゃった？」

勘がいい九条院さんは、心配そうに俺の顔を見てくる。

やっぱり、監督はみんなに言ってなかったのか……。

「えぇ、まぁ……でも、朝のうちに熱は引きましたので」

「そっか、よかったね」

九条院さんはニコッとかわいらしい笑みを向けてくれる。

こういう時、彼女は悪く言わないから有難い。

問題は……。

俺はチラッと、柊斗を見る。

口元に手を当てて何やら考えているようだが、俺が別行動をした理由は彼も察しただろう。

ソフィアに変なことを言わなければいいが……。

「ふ～ん……そういうことなら、彼女に野球部へ入ってもらえばいいのに」

口を開いた柊斗は、予想もしていないことを言ってきた。

「はぁ!?」

俺は思わず、声をあげてしまう。

「お～、いいじゃないか。そうしたらどうだ？」

そして監督は、悪ノリをしてきた。

この人、絶対この状況を楽しんでやがる。

「柊斗、おまっ……彼女に、俺たちの邪魔をするなとか言っておきながら、何言ってるんだよ……？」

「足を引っ張られたら困るけど、力になるなら居てくれたほうが有難いに決まっている。俺にはよくわからないが、実際にそういうのが力になるってのは聞くし、賢人ならそういうタイプっていうのも納得だ」

この監督信者め……！

なんでもかんでも監督が言ってることを真《ま》に受けるな！

この人はただ、俺をからかいたくて冗談を言っているだけだ！

——と叫びたいが、さすがに監督や先輩がいるバス内ではできない。

「監督、止めなくていいのですか……？」

柊斗が完全に鵜呑《うの》みにしているので、九条院さんが監督を見る。

こういう時の柊斗はまじで行動に移しかねないので、唯一止められる監督に言ってもらいたいところだが——

「面白そうだから、放っておけ」

——この人に期待しただけ無駄だった。

というか、元凶はこの人だし。

「今日辺りにでも話をつけに行くか……」

「いや、柊斗？　やめろよ、まじでやめるんだぞ？　彼女は勉強で忙しいんだからな？」

何やら顎に手を当てて本気で考えだした柊斗に対し、急いで俺はストップをかける。

交渉するのは勝手だが、勉強命の彼女が頷《うなず》くはずがなく、後から俺が怒られる未来しか見えない。

せっかく、なんだかいい感じで距離が縮まっているので、前みたいな関係に戻されてたまるか。

「彼女の存在は力になるんだろ？　実際、今日は凄《すご》く集中できていたわけだし、結果も出たんだから――」

「やめろって……！　まじでやめてくれ……！」

「黒金《くろがね》君、賢人君は嫌がってるんだから、やめてあげなよ」

楽しそうに笑っている監督とは違い、九条院さんは柊斗を止めようとしてくれる。

やはり、こういう時彼女は心強い。

「いやいや、俺はチームが甲子園に行くためには、賢人の彼女が必要だと思うぞ？　誘うだけ誘ってみても――」

「か～ん～と～く～？」

監督が更なる悪ノリをすると、九条院さんがニコニコ笑顔で監督に呼びかけた。

あっ、この笑顔は……。

「ど、どうした、九条院？」

「子供を虐《いじ》めて、楽しいですか？」

九条院さんは普段滅多なことでは怒らない。

特に俺のような後輩には、怒ったことがないような人だ。

だけど、人間である以上怒らないわけがない。

そして怒った時は――こんなふうに、ニコニコ笑顔で背後に黒いオーラを纏《まと》うのだ。

だいたい彼女を怒らせるのは、調子に乗りすぎた監督なのだけど。

「よ、よ～し、お前ら！　学校に着く前に反省会をするぞ！」

監督はダラダラと汗をかきながら、わざとらしくみんなに話しかける。

「監督？」

しかし、九条院さんは監督を逃がさない。

「――っ。柊斗、さっき教えたのは冗談というか、人それぞれだ。賢人が集中して結果を出した事実は変わらないが、白川《しらかわ》ソフィアの存在が影響したかどうかは憶測にすぎない。何より、こちらの都合を相手に押し付けるのは絶対によくないことだから、誘うのはやめておけ。いいな？」

彼女がいったい何を求めているのか理解している監督は、ダラダラと汗をかいた状態で柊斗に注意してくれた。

「監督がおっしゃられるなら、わかりました。悪かったな、賢人」

やはり監督の言うことは素直に聞くようで、柊斗は諦めてくれたようだ。

俺はホッと胸を撫《な》で下ろす。

これで俺も、危険にさらされることはないだろう。

「あぁ、わかってくれたのならいいんだ。九条院さんも、ありがとうございます」

「いいの、これも私の役目だから」

おそらく、監督を制御できるのはこの人だけだろう。

こういう時はかなり心強い。

それからは、反省会が始まったのだけど――。

「5回コールドで、十九点か。今日の相手なら二十点はほしかったところだぞ。特に下位打線。初回の大量得点によって、気が抜けたか？」

「「「いえ、そんなことはないです……！」」」

「じゃあ、なんで明らかなボール球に手を出すんだよ？　ボールの見極めが甘すぎだ。練習の態度次第では、他の奴と代えるからな」

「「「はい……！」」」

ミーティングが始まると、監督は別人かのように真剣な雰囲気になっている。

切り替えができるところは、素直に尊敬していた。

真剣勝負の場でまで、ヘラヘラとされていたら困るからな。

「再来週からは県大会だ。今までの疲れを取るために明日は完全休養日にするが、来週からまたしごくからそのつもりでいるように。各自、マネージャーから今日のスコアをもらって反省しておけ」

明日は休みなのか……。

予定表では練習になっていたから、そのつもりでいた。

「賢人君は、明日何か用事があるの？」

どうしようか考えていると、九条院さんが笑顔で明日のことを聞いてきた。

まぁ、単純に雑談なのだろうけど。

「いえ、とくには……」

「それじゃあ――」

「でも、ソ――フロストさんの様子が心配なので、家にいると思います」

今日で風邪も治ると思うが、一応気にしておいたほうがいい。

なんせ、また無理をして勉強をしそうだからな。

「――っ。そ、そっか、風邪だもんね。ちゃんと面倒を見てあげるんだよ？」

「……？　はい、もちろんです」

なんだか気まずそうに目を逸《そ》らされてしまったけど、どうしたんだろう？

その後は、なんだか居心地悪い雰囲気になってしまうのだった。

◆

「──ただいまぁ」

家に帰った俺は、一応玄関で声を出してみる。

しかし、返事はなかった。

リビングにいないんだろう。

部屋で寝ていてくれたらいいが……これで勉強をしていたら、さすがにちょっと叱らないといけない。

「うん、風呂場にもいないな」

ドアにかけられている札は《未使用》になっていたので、安心してドアを開ける。

すると──

「「………」」

──なぜか、真っ白な肌を全て晒《さら》す、ソフィアがいた。

そう、布を一切身に着けていない、生まれたままの姿なのだ。

右手にはタオルが握られており、全身濡《ぬ》れていることから、ちょうど風呂から上がって体を拭こうとしていたのだろう。

染み一つない彼女の肌はとても綺麗《きれい》で、今まで隠されていた部分が見える煽情的《せんじょうてき》な姿には、思わず見惚《みと》れてしまうのだけど──

『きゃあああああああ！』

──当然、我に返った彼女に逃げられてしまった。

彼女は風呂場に逃げ込み、ドアに鍵をかける。

『ふ、ふざけないで！　とうとう本性を現したわね……！』

うん、英語を全力で叫んでいるな……。

めちゃくちゃ怒ってそうだ。

あれ、俺は札を確認したよな……？

そう思い、念のためドアの札を確認する。

やっぱり、札は《未使用》だった。

「頭が痛いな……」

この事実を告げたところで、彼女は認めないだろう。

俺がコソッと変えた、と思うはず。

となれば、もうこの状況はどうすることもできないわけで……。

おいしい思いをしてしまったのも俺なので、とりあえず状況だけ説明をし、謝っておくことにした。

「ごめん、俺の不注意だった。札が《未使用》だったから気にせず入ったんだけど、ちゃんと中の物音を確認してから入ればよかったよ」

それか、先にノックをする手もあった。

それらを怠った時点で、俺が悪い。

『話は後で……！　とりあえず、出て行って……！』

やっぱりわかってはもらえなかったようで、《出て行け》と言われてしまった。

さすがにこれくらいの英語はわかるが、わからないほうがよかったかもしれない。

再び彼女に嫌われ、胸が痛んだ。

「あ～、今までの苦労が、水の泡かぁ。さすがにこれは、泣きたくなるな……」

俺は額に手を当て、天を仰ぎながら脱衣所を後にした。

十分後――。

「いるわよね……？」

彼女は俺の部屋の前まで来て、声をかけてきた。

俺はすぐに部屋から出て、彼女に頭を下げる。

「さっきはごめん……」

「あれはもう、忘れて……」

てっきり怒られるかと思っていたのに、彼女は顔を真っ赤にして恥ずかしそうに目を背けた。

怒っていないのだろうか……？

「でも、俺の不注意で……」

「私が、札を変え忘れてたのでしょ……？　確かに言われてみれば、変えた記憶がないもの……」

どうやら、自分のミスをちゃんと認めてくれたようだ。

意外だ……。

絶対、認めないと思っていたのに……。

「許してくれるのか……？」

「許すも何も、私が悪いし……。だから、その……私のを見たということで、私が怒ったのは許してほしい……」

本当にここ最近の彼女は変わった。

それこそ、別人レベルに違う。

たとえ本当に事故であろうと、前までの彼女なら裸を見た場合許さなかっただろうに。

「いや、許してくれるならいいんだ。もちろん、俺は怒っていないし」

あんな身の危険があるような状況になれば、彼女が怒るのも仕方がない。

その上、俺はおいしい思いをしてしまったのだから、彼女を責めるはずがなかった。

「ありがとう……。この流れで、もう一ついい……？」

ホッと安堵《あんど》したように彼女は胸を撫で下ろし、上目遣いに見てくる。

俺は彼女の様子に息を呑《の》みながらも、コクッと頷いた。

「その……ごめんなさい……。あなたのこと、誤解してた……。今まで失礼な態度を取って、本当にごめんなさい……」

ソフィアは、深々と頭を下げてきた。

想像すらしていなかった展開に、俺の頭は一瞬フリーズしてしまう。

今、夢を見ているのかとすら思った。

それくらい、彼女が謝ってきたことも、俺のことを見直してくれたことも意外だったのだ。

思わず、聞いてしまう。

「急にどうしたんだ……？」

なんせ、彼女がここまで変わるようなことに、俺は心当たりがなかったから。

「いろいろと、思うところがあって……。特にここ最近、自分の過ちを思い知らされることがあったから……」

いったいどのことを言っているんだろう？

看病したことは入っているだろうけど、ギャルたちから助けたことも入っているのだろうか？

でもあれらって、人として当然の行いだからな……。

むしろ、しないほうが問題あると思う。

――そうか、俺は彼女に、そういうことをしない薄情な人間だと思われていたわけか……。

「まぁ、誤解が解けたならいいさ。これからちゃんと向き合ってくれるなら、何も問題はないし」

ここ数日の出来事で、俺もソフィアに対する印象は変わっていた。

今更彼女と生活するのが嫌だなんて思っていないし、今のように普通に接してくれるなら、何も問題はないのだ。

過去のことを忘れてほしいなら、忘れるし。

『ありがとう《Thank you》……』

「お礼を言われるようなことじゃないさ。それよりも病み上がりなんだから、ちゃんと寝ておくんだ」

わざわざ謝りに来てくれたのは有難いが、話なら明日以降でもできる。

それよりも今は、ゆっくりしてもらったほうがいい。

「あっ、試合……」

俺が部屋へ戻そうとすると、彼女は試合結果を聞いてきた。

家で待っている間、気になっていたんだろう。

自分のせいで――と考えていたようだし、それも仕方がない。

「もちろん、約束通り勝ったさ」

俺たちが彼女のせいにしなくても、彼女自身が自分のせいだと思い詰めてしまうんだったら、俺は絶対に負けるわけにはいかなかった。

監督とかには否定したけど、今日いい感じに集中できていたのは、彼女のおかげがあったと思う。

「そう、よかった……。県大会出場、おめでとう」

「──っ」

彼女は再度胸を撫《な》で下ろした後、とてもかわいらしい笑顔で祝福をしてくれた。

俺は、バクバクと鼓動がうるさくなり──彼女の両肩に手を伸ばして、クルッと回転させる。

「えっ……?」

当然、急にこんなことをされたら、ソフィアは戸惑ってしまう。

「さっきも言ったけど、寝ておかないと駄目だ。晩ご飯はお弁当を買ってくるから、何がいいかチャットアプリで送ってくれ」

多分今の俺は、顔が赤くなっている。

なんせ、凄《すご》く熱いのだから。

そんな顔を彼女に見られたくなくて、こうして誤魔化してしまった。

「私、もう結構元気なのに……」

「治りかけが肝心だからさ」

そうして彼女の背中を優しく押すと、彼女は渋々という感じで自分の部屋へと入っていった。

「──はぁ……やばかった……」

俺は部屋に戻ると、ドアにもたれながら床へと座り込む。

不意打ちでくる彼女の笑顔は、半端ない破壊力だ。

正直、ずるいとすら思う。

今まで素っ気なくて塩対応だったのに、いきなりデレたような素敵な笑顔を見せるなんて――女性経験がない男には、効果が抜群すぎる……。

これからは、あんな彼女と一緒に暮らすなんて――別の意味で、心が持ちそうにない。

ちなみに、ソフィアから来たチャットのメッセージは――

《お弁当よりも、白川《しらかわ》君のおかゆのほうがいい……かも》

――という凄くかわいいものだったせいで、俺は再度やられてしまうのだった。

◆

「あれ……？　今日は、部活ないの……？」

翌日の朝――脱衣所で顔を洗っていると、ソフィアが入ってきた。

「今日は完全休養日になったんだ。明日からまた県大会に向けてきつい練習をするから、休んでおけってさ」

「休み……」

何やら、ソフィアがジッと見つめてくる。

用事でもあっただろうか？

「ソフィアのほうは、今日も塾？」

「いえ、私のほうも休みになったの。今塾では、風邪が流行《はや》ってるらしいから」

二人とも休みだなんて、奇遇なこともあったものだ。

普段土日なんて、両方とも家にいることはないからな。

それにしても……。

「風邪が流行ってるって、もしかして……」

原因に心当たりがあり、思わず彼女を見てしまう。

『ち、ちがっ……！　元から流行ってたの……！　むしろ私は、移された側……！』

距離が縮まったとはいえ、やはりテンパると英語で喋《しゃべ》る癖は出るらしい。

ノーと言っていたので、彼女が原因ではないんだろう。

となると、元から流行っていた感じか？

「まぁ、休みなら今日もゆっくり休んだらどうだ？　普段沢山勉強してるんだからさ」

もう風邪は大丈夫だと思うけど、できるなら休んでいてもらいたい。

どうせまた、凄い詰め込みの勉強をするだろうから。

「あっ、でも……」

やはり、勉強を止めようとすると渋られてしまう。

彼女にとってそれだけ大切なんだとはわかるけど、やりすぎなのは間違いないので、ちゃんと休んでもらいたいのだが……。

「やっぱり、勉強は疎《おろそ》かにできないか？」

「それは、そうなんだけど……」

なんだろう？

珍しく、歯切れが悪い感じだ。

もしかして、彼女が渋ってるのは別の理由なのか？

「何か言いたいことがあるなら、遠慮せず言ったらいいんだぞ？」

今更遠慮する仲でもないだろうし。

少し前までは、好き放題言ってくれてたしな。

「えっと、その……ど、どうせ二人とも休みなら、どこか行かない……？」

ソフィアは人差し指を合わせ、モジモジとしながら何やら言ってきた。

視線は俯《うつむ》きがちで、俺の顔を見ていない。

「えっ？」

まさか誘われるなんて思ってなかったので、俺は反射的に首を傾《かし》げてしまう。

「ほ、ほら、お礼がしたいから……！　助けてもらったことや看病をしてもらったことのお礼、したいだけ……！　他意はないから……！」

顔を上げた彼女は、赤く染めた頬で一生懸命言ってきた。

日本語ということは、テンパっていないんだろう。

顔が赤くなっているのは、単純に年頃だから恥ずかしいのかもしれない。

正直、誘われたのは凄く意外だけど――これは、彼女にとっていい気分転換になると思う。

今まで塾や自習で遊ぶ時間がなかったのだし、こうして遊びに時間を使うのはいいんじゃないだろうか。

問題は、俺に女子と遊ぶ経験がないということだが……。

「わかった、遊びに行こう」

「ほんと!?」

俺がオーケーを出すと、ソフィアの表情がパァッと明るくなった。

頑張って誘ってくれていたんだろう。

俺は彼女の表情にドキドキとしながら、笑顔を意識して口を開く。

「あぁ、たまには遊ばないとな。どこか行きたいところはあるのか？」

「あっ……」

何かプランでもあるのかと思い、尋ねてみたのだけど……今度は、途端に表情が暗くなってしまった。

何か地雷を踏んだか……？

「どうかしたのか？」

「………」

ソフィアは黙り込んで、また俯いてしまった。

ギュッと服の裾を握り、何か辛《つら》そうにしている。

悲しませることは言っていないはずだけど……？

「言いたいことがあるんなら、言ってくれていいんだぞ？」

俺は再度似た言葉を彼女にかける。

心なんて読めないので、言葉にしてもらわないとわからない。

気になることがあるなら、話を聞きたいが……。

「ごめんなさい……私、友達と遊びに行くことがなくて……どこに行ったらいいのかも、わからない……」

ソフィアは元気がない様子で、ボソボソと話してくれた。

なるほど、行きたいところを聞いたことで、困らせてしまっていたのか。

相変わらず、まじめすぎるというか、なんというか……。

「一人で悩むことはないだろ。俺は行きたいところがあるか聞いただけだから、別に行き先を決めてもらう必要はないし、迷ってるなら相談してくれたらいいんだ」

彼女に行きたいところがあるならその気持ちを尊重したかっただけで、行き先を決めるのを押し付けたわけではない。

こういう時どこに行ったらいいのかわからないのなら、俺が決めてもいいのだから。

――まぁ、ありきたりなところしかわからないけど。

「さっきも聞いたことではあるけど、ソフィアが純粋に行きたい場所はないのか？」

彼女が別の捉え方をしていたので、再度意図した質問を投げかける。

しかし――。

「ない……。本当に、わからなくて……」

彼女は首を横に振ってしまった。

遊びに興味を示してこなかったから、どういうものがあるのかも知らないのかもしれない。

これは、こっちから提案したほうが良さそうだな。

男女が遊びに行くことで、定番なところといえば……。

「遊園地はどうかな？」

俺は一番に思い浮かび、彼女と一緒に行きたいと思った場所を言ってみる。

「遊園地……」

「嫌か？」

嚙《か》み締めるように遊園地と口にした彼女に対し、その意図がわからなかった俺は尋ねてみる。

すると、彼女はコクコクと一生懸命に頷《うなず》いた。

「遊園地、行ってみたい……！」

「よかった、それじゃあ準備をして行こっか」

こうして、遊園地に行くことになった俺たち。

外出用の服に着替えて、リビングに戻ると――。

「どう、かしら……？」

後から来た彼女に、目を奪われてしまった。

上は、桃色をしたスリーブレスのサマーセーターを着ており、下は白色のミニスカートを穿《は》いている。

普段彼女が着ている私服は布面積多めなもので、こんなふうに肌多めな服を着るところは初めて見た。

そもそも、持っていたこと自体驚きだ。

「凄く、似合ってるよ……」

語彙力がないので、そんなありきたりな感想しか出てこないが、本当に似合っている。

何より、魅力的過ぎて胸の高ぶりがやばかった。

「そっか、よかった……」

この格好を晒《さら》すのは勇気がいったようで、ソフィアは安堵《あんど》したように胸を撫で下ろす。

「珍しい格好だな……」

正直、目のやり場に困るレベルだ。

他の男たちに今の彼女を見せたくない、という気持ちまで湧いてくる。

「動きやすい格好のほうがいいのかなって思ったのと……初めてだし、一番喜んでもらえそうなのを選んだ……」

前半は聞き取れたけど、後半は彼女が俯いてボソッと呟《つぶや》いたので、何を言ったのか聞き取れなかった。

「ごめん、動きやすい格好がいいって言った後、なんて言ったんだ？」

「今日は暑そうだから、こういう涼しい格好がいいかしらって言ったの」

尋ねると、彼女は照れくさそうに耳へと髪をかけながら、笑顔で答えてくれた。

やばい、まじでかわいすぎる……。

俺、今夢を見てるんじゃないよな……？

これで夢オチだったら、まじで泣ける。

「えっと……それじゃあ、そろそろ行こっか」

見惚《みと》れていたことがバレないように、俺は先に部屋を出た。

気を付けないと……下手《へた》な行動一つで、きっと彼女は元の塩対応に戻る。

それだけは絶対に嫌だった。

◆

「これが、遊園地……」

電車とバスに乗って海の近くにある遊園地に着くと、ソフィアは目をパチパチとしながら入口を見つめた。

「遊園地に来たことなかったのか？」

「注目されてしまうから、連れて行ってもらえなかった」

やっぱり、見栄えが良すぎても大変なんだろう。

現に、今も彼女はかなりの注目を集めている。

これだけかわいいのだから、それも仕方がない。

「注目されるのが嫌なら、髪を隠せるように帽子買っとくか？　ショップで売ってると思うぞ？」

「視線にはとっくに慣れてるから、大丈夫」

心配になって聞いてみたのだけど、余計なお世話だったらしい。

これだけの視線に慣れるほど日々注目されているなんて、凄《すご》いことだ。

俺だったら、耐えられないかもしれない。

「もししんどくなったりしたら、すぐに言ってくれたらいいから」

「えぇ、ありがとう」

ニコッと笑みを向けられ、再びドキッとしてしまう。

やっぱり別人を相手にしているかのような感覚で、俺の心臓は持ちそうになかった。

このデート――遊園地巡りを終えた時、俺は尊死《とうとし》しているかもしれない……。

「何から乗るの？」

「ソフィアが決めていいよ」

今日一日は、彼女に楽しんでもらいたい。

だから、彼女に決めさせてあげるほうがいいと思った。

だけど——。

「私、わからないから……」

困ったような笑みを返されてしまう。

確かに来たことがないのなら、アトラクションに関してよくわからないだろう。

俺がリードしてあげたほうが良さそうだ。

「それじゃあ、手始めにあれに乗るか？」

俺はちょうど目についた、爽快感溢《あふ》れる遊園地の名物——ジェットコースターを指さした。

今も乗っている人たちの悲鳴が聞こえていて、楽しそうだ。

「………」

ソフィアはジェットコースターをジッと見つめて、ピクリッとも動かなくなってしまった。

どうしたのだろう？

「もしかして、怖いのか？」

てっきり、こういった爽快感溢れる乗りものは好きだと思って選んだのだけど、苦手なのならやめておいたほうがいい。

俺だって別に、無理してまで乗りたいわけじゃないのだし。

「ふ、ふふ……」

彼女の返答を待っていると、突然笑い始めた。

不気味な笑いに、一歩後ずさってしまう。

「ソフィア……?」

「甘く見ないで。あんな乗りもの、私にとってはなんでもないわ……」

ほんのりと汗をかきながら、ニヤッと笑みを浮かべるソフィア。

これ、明らかに無理してないか……?

そう思っている間にも、ソフィアは一人ジェットコースターの列へと向かってしまう。

「苦手なら、無理しなくていいんだぞ?」

俺は追い付くと、すぐに彼女を止めようとする。

「別に、怖くないし。白川《しらかわ》君は、これに乗りたいんでしょ?」

拗《す》ねている――というわけではなく、やっぱり強がっているようだ。

俺が一番に言ったアトラクションだから、俺の気持ちを尊重しようとしてくれてるんだと思う。

でも、それで彼女に無理をさせるのは違うわけで……。

「後悔するから、やめときなって」

「大丈夫だし」

俺がしつこく止めようとするからか、彼女は唇を尖《とが》らせてしまった。

今度は、拗ねてしまったらしい。

こうなっては、頑固な彼女が耳を貸すことはなく、結局ジェットコースターに乗ることになった。

そして——

「きゃあああああ！」

——人生で初めてジェットコースターに乗った彼女は、涙目で悲鳴を上げるのだった。

◆

「うぅ……」

ジェットコースターから降りた後、ソフィアはベンチに座ってぐったりしていた。

よほど怖かったらしい。

「大丈夫か……？」

こうなった原因は俺なので、申し訳ないことをしたと思う。

「大丈夫……」

その割には、全然大丈夫に見えないんだよな……。

飲みものを買ってきたほうがいいのだろうけど、彼女を一人残すのには不安がある。

離れれば一瞬でナンパされそうだし、今の彼女にはナンパを撃退する力も残っていないだろうから。

「飲みものを買いに行こう。立てる？」

「…………」

声をかけると、顔色が悪くなった彼女の視線が俺へと向く。

やはり、無理そうか……？

「腕、貸して……？　それなら、歩けると思うから……」

しかし、彼女は買いに行くつもりらしい。

歩く力が今はないから、俺の肩に手を置いて歩くつもりなのだろう。

「あぁ、もちろんだ。どうぞ」

俺は右半身を彼女へと向ける。

すると――ギュッと、彼女は俺の右腕に抱き着いてきた。

……はっ!?

「ななな!?」

「こうしてたほうが、バランスが取りやすいから……！　他意はないわ……！」

そう言ってきた彼女の顔は、普通に赤くなっていた。

彼女の言う通り、肩に手を置くよりも腕に抱き着いて全体重を預けてきたほうが、楽なのかもしれない。

しかしこれは、付き合っているカップルがするようなことで……。

やばい、ドキドキしすぎて心臓が破裂しそうだ……。

「バランスが取りやすいなら、仕方ないな……！」

恥ずかしさやら緊張やらで、つい俺も彼女の言葉に乗ってしまう。

「そうそう、仕方ないことなの……！」

ソフィアは一生懸命頷《うなず》いて、この行動を肯定する。

周りからしたら《なんだ、あいつら……？》って思われてそうだ。

そのまま、ドリンクを買ってベンチに座ると――。

「ごめんなさい……」

何やら彼女は、手で顔を覆うようにしながら、謝ってきた。

凄く後悔しているようだ。

「いや、えっと……」

いきなり我に返るのは、やめてほしいんだけど……。

だって俺も、乗っちゃったんだし……。

「さっきのは気にしてないぞ……？」

「それもあるけど……意地張ってジェットコースターに乗ったのに、このありさまだから……」

あっ、なんだそっちか……。

彼女は自分の行動を省みることができる子だし、冷静になって後悔が押し寄せてきたんだろう。

「いいさ、そういう気持ちもわかるから。時間も沢山あるし、少しゆっくりしよう」

「――っ!?」

気にされないよう笑顔で言うと、彼女は勢いよく顔を背けてしまった。

あれ、もしかしてキモいって思われた!?

「………………」

心配になり見つめていると、なぜか彼女は背を俺に向けたまま、ジリジリとこちらに詰めてくる。

そして――トンッと、お互いの体が当たってしまった。

「えっ!?」

まさか体をくっつけてくるとは思わず、俺は声をあげてしまう。

そんな中彼女は、相変わらず顔を俺から背けているけれど、左腕を俺の右腕へとくっつけてきた。

ヒンヤリとした肌がピトッと触れ、俺の鼓動は全力疾走したかのように速くなる。

いったいどういうつもりでくっついてきたのか――そればかりが気になってしまう。

「ソフィア……？」

「も、もたれるものがほしくて、仕方なく……」

声をかけてみると、くっついてきた理由を言ってきた。

現在はベンチに座っているので、背もたれがちゃんとある。

もたれたいのならそちらにもたれたらいいし、何よりソフィアはくっついてきているだけで、別に体重を俺にかけてはいない。

もたれるため――というのは明らかな嘘《うそ》なのだけど……指摘する気にはならなかった。

「それじゃあ、仕方ないな……」

「そう、仕方ないことなの……」

いったい何が仕方ないのやら。

頭がうまく回っておらず、むずがゆいような変な空気になる。

意外と彼女は、甘えん坊なところがあるのだろうか……？

熱が出た時は、甘えん坊になっていたし……。

今までの彼女を見ていると、全然想像がつかないが。

「えっと……ソフィアって、どうして勉強を頑張るんだ？」

黙っているとむずがゆさが襲ってきてしまうので、俺はてきとーに話題を切り出した。

「それは……大切なことだから」

彼女は怒るようなこともなく、正直に答えてくれる。

学生の本分は勉強って言われるくらいだし、進路にも多大に影響してしまうので、大切なのは間違いないだろう。

でも、それだけなのだろうか？

「大切ってのはみんなわかってるけど、ソフィアほど頑張れる人はそうそういないよな。素直に凄《すご》いって思うよ」

幼い頃から親や先生に言われ続けてもなお、勉強をしない人は普通にいる。

かく言う俺だって、勉強はあまりしてこなかった人間だ。

できることなら授業を受けたくない、というのが本音である。

そんな中頑張って勉強をしているソフィアは、本当に凄い。

「それを言ったら……白川君だって、野球を頑張ってるじゃない……」

「俺の場合、好きで野球をやってるからな……。好きなものを頑張るのは、普通じゃないか？」

「それだって、人にもよると思う……」

まぁ誰もが、努力をできるとは言わない。

何より、同じ《好き》でも、目標やなんのためにしているのかで、頑張り具合も変わってくるだろう。

ただやるのが好きって人は、別に勝ちにこだわる必要がないからきついトレーニングなどをする必要はないし、逆に勝ちたいって人はきついトレーニングを乗り越えていかないといけない。

俺の目標は甲子園優勝とプロになることなので、頑張るのは当然だった。

「ソフィアは、勉強が好きなのか？」

勉強の虫かと思うほどに勉強を頑張っているので、その可能性も考えてみた。

しかし――。

「あまり、好きではないかも……」

そういうわけではないらしい。

尚更《なおさら》、あそこまで頑張れるのは凄いと思う。

「ほんと、よく頑張れるな……」

「まぁ、頑張らないといけないし……。知ってるかどうかわからないけど……その、私は勉強の特待生なの……。だから、成績は落とせない……」

なんとなく想像はしていた。

特別進学コースで首席入学ということは、学校側が定める特待生制度に当てはまっているだろうということは。

「なるほど、なるべく親に負担をかけたくないよな」

県立高とは違い、私学はどうしてもお金がかかってしまう。

しかし特待生制度は、授業料や入学金、なんなら教科書代や制服代まで免除されることがあるのだ。

もちろんランク分けがあるが、親の負担を軽くできるならそれに越したことはない。

「そうね……私の場合、自分の我《わ》が儘《まま》で今の学校を選んでいるし……」

それは初耳だった。

こういった話は、今までしてこなかったから。

県内トップ校にだって余裕で入れそうな彼女がこの学校にいるのは不思議だったけど、何かしらの目的があったらしい。

「我が儘って？」

「それは…………ごめんなさい、今は言えない……」

てっきりこの流れなら教えてくれるかと思ったけど、気軽に話せるようなことではないらしい。

行きたい大学への進学が有利とかなら、普通に話せるだろうし……何か、問題でもあるんだろうか？

「そっか。いつか話せるようになったら、話してくれたら嬉《うれ》しい」

話したくないなら無理に聞くわけにはいかない。

彼女が自分から話してくれるのを待つしかない。

「ごめんなさい……」

「別に謝ることじゃないさ。誰だって、話したくないことは普通にあるんだし」

俺なんて、未《いま》だに彼女を部屋へ入れないようにしているからな。

隠し事を責めれるような立場じゃない。

「――さて、そろそろ次のアトラクションに行こうか」

あの後はてきとーに雑談をしていたのだけど、ソフィアがだいぶ回復したようだったので、俺は立ち上がって彼女を誘った。

「えぇ……次は、おとなしい乗りものがいいわ」

立ち上がった彼女は困ったように笑みを浮かべながら、俺の隣に並んでくる。

もう激しい乗りものはコリゴリなんだろう。

俺は彼女の要望通り、観覧車へと連れて行く。

すると――。

「………」

シレッと、隣に座ってきた……。

順番が回ってきた際に、先に中へ入ってもらったのだけど、彼女が座っているところの対面に座ったら、わざわざ隣に座り直してきたのだ。

嬉しいのだけど……凄く、照れくさい。

「高い……綺麗《きれい》……」

窓から景色を眺めると、ソフィアはしみじみとした声を出した。

海を見て、ウットリとしているようだ。

「景色、好きなのか？」

「嫌いな人はいないと思う」

確かにそうかもしれない。

綺麗な景色は見ていて気持ちが落ち着くし、感動を覚えることさえある。

景色を眺めるのが好きなら、今度はそういうところを調べて連れて行くといいかもしれない。

……次、か……。

次はいつ来るんだろ？

俺も彼女も、普段はとても忙しい。

こうして休みが重なることなんて、滅多にないのだ。

もしかしたら、次は年末年始までこういう機会はないかもしれない。

「海……行きたいわね……」

一緒に景色を眺めていると、ソフィアがボソッと呟《つぶや》いた。

「今から行くか？」

ここから眺められているように、海はすぐそこだ。

遊園地を出ることにはなるが、彼女が行きたいのならその気持ちを尊重したい。

しかし――。

「ごめんなさい、泳ぎたいとかの意味で言ったから……」

どうやら、思い違いをしてしまったらしい。

「あ～、でも、今はもう……」

現在は九月中旬なので、海のシーズンは過ぎている。

暑い日が続いているから、入れないことはないだろうけど……クラゲも多く発生しているだろう。

「えぇ、だからまぁ……来年、とか……？」

チラッと、俺の顔を見上げてくるソフィア。

何か言いたそうにしているけど、これはもしかして……。

「来年、一緒に行けたら行くか？」

彼女の気持ちを考えて、誘ってみた。

海ということはお互い水着姿になるわけで……こんな大胆な誘いをしていることに鼓動が速くなる。

「あっ……」

でも――彼女と一緒に行けるなら、素直に嬉しい。

ソフィアの頬が、ほんのりと赤く染まる。

向こうも、意識してくれているようだ。

だけど――。

「し、白川《しらかわ》君が一緒に行きたいって言うなら、一緒に行ってあげてもいいわよ……？」

なんだか、素直じゃない返しをされてしまった。

おかしい、彼女が行きたがったはずなのに。

もしかしたら、俺の勘違いだったのか……？

「まぁ、無理にとは言わないけど……」

「そこは、言うべきだと思う」

返答に困って逃げ道を用意すると、拗《す》ねた目を向けられてしまった。

わからない。

彼女の気持ちがまじでわからない。

これがただ海に行きたくて、俺を付き添いにさせたいだけなのか——それとも、俺と一緒に海に行きたいのか、いったいどっちなんだろう？

そもそも、彼女が俺のことをどういうふうに見ているかもわからないし……。

距離が縮まった理由が、赤の他人という見方から、兄という見方に変わっただけ、という可能性もあるわけで……。

「それじゃあ、一緒に行こう」

とりあえず、どちらにせよここは誘うのが正解なようなので、俺は誘ってみた。

すると——。

「そっちから言ったんだから、約束破ったら駄目よ……？」

遠回しのオーケーをもらえたようだ。

少し腑《ふ》に落ちない部分もあるが……まぁ、一緒に行けるようになったのだからいいとしよう。

問題は、一年近く待たないといけないことだが……早く、来年にならないかな……。

それからは、メリーゴーラウンドやコーヒーカップという定番の奴《やつ》に乗った。

そして、ふと目に留まった――

「お化け屋敷なんかあるんだ？　入ってみるか？」

「絶対嫌……！」

――お化け屋敷に誘ってみると、ソフィアは顔をブンブンと勢いよく横に振って、拒否してしまった。

意外と怖がりだったらしい。

そういえば、夜道も怖がっていたな。

「冗談だよ」

「いじわる……」

笑顔で言うと、拗ねた目を返されてしまった。

頬は小さく膨らんでおり、まるで子供みたいだ。

こんな子供みたいな一面すらも、とてもかわいく思ってしまう。

なんだか、彼女の行動のほとんどがかわいく見えてしまっていた。

……重症かもしれない。

「次、何にする？」

「お化け屋敷とジェットコースター以外……」

「それはわかってるよ」

拗ねている彼女に対し、困ったように笑いかける。

そうだった、雰囲気が変わったから忘れていたけど、この子根に持つタイプだった。

あまり意地悪はしないほうが良さそうだ。

「空中ブランコってのもあるぞ？　あれは全然怖くなくて、爽快感もある乗りものだ」

子供の頃乗っていた中では、一番好きだったかもしれない。

それくらい、気持ちいいアトラクションなのだ。

「…………」

なぜか、ジィーッとジト目を向けてくるソフィア。

これは、疑われている……？

「そんな疑うような目をしなくても、嘘《うそ》じゃないからな？」

「……白川君、いじわるなところがあるから……」

彼女はまだ唇を尖《とが》らせて、拗ねた表情をしている。

やっぱり俺が嘘を吐《つ》いて、また怖い目に遭わせようとしているように見えるようだ。

ジェットコースターも、意地悪で最初に言ったと思われているのかもしれない。

全て、お化け屋敷に連れて行こうとしたせいだな。

あの発言から、俺がわざと意地悪していると思われてしまったようだ。

冗談だなんて言わなければよかった。

「とりあえず、乗ってみよう。本当に大丈夫だから」

「乗ってからだと、遅いわよ……!?」

まぁ確かに、乗って確認をして、俺が嘘を吐いていたとわかった場合、それは実際に恐怖を体験してわかるということなので、遅いだろう。

だけど今回は本当に大丈夫なので、気にせず列に連れて行った。

「…………」

「そんな、この世の終わりみたいな表情をしなくても……」

空中ブランコに座ると、彼女は上から繋《つな》がれている鎖部分をギュッと握り締めながら、青ざめていた。

高所恐怖症ではないので、単純に怖がっているだけだろう。

「後で、覚えてなさい……」

よほど怖いようで、光を失った瞳を向けられてしまった。

「怖いって」

本当に大丈夫なんだけどな……。

その後、どうなったかというと――

「白川君、もう一回乗りましょ……！」

――彼女はとても気に入ってくれたので、俺は仕返しを免れた。

そうして三回ほど乗り直すと、今度はまた観覧車に乗りたいと言い出したので、観覧車へ。

「観覧車も気に入ったんだな」

「えぇ、これが一番好きかも……。夜も、これは乗れるの？」

観覧車から景色を眺めていると、彼女は期待したように聞いてくる。

「あぁ、もちろんだよ。夜景とか綺麗に見えると思う」

「……見たかったなぁ」

明日は学校や塾、部活があるので、響かないよう日が暮れる前に帰ることにしている。

彼女が見たいのなら、帰る時間を遅らせてもいいとは思うが……。

「夜までここにいるか？」

「うぅん、今日はいいわ」

一応聞いてみるも、彼女は首を横に振ってしまう。

やっぱり学校や塾などを疎《おろそ》かにできないようだ。

この辺は彼女がまじめというのと、勉強が大切というのがあるので、仕方がないところだった。

また、一緒に遊園地に来ることができればいいと思うが……どうなんだろう？

気に入ってくれているようには見えるので、また彼女は来たがる気がする。

だけどその相手は……もしかしなくても、俺ではないのかもしれない。

◆

「遊園地、楽しかった……」

遊園地からの帰り道、バスに乗ると隣に座っていたソフィアが笑みを浮かべた。

「楽しんでもらえてよかったよ。初めてってことだったけど、こういうのもいいだろ？」

「えぇ、久しぶりにはしゃいだと思う」

最初に乗ったジェットコースター以外は、ずっと彼女は楽しそうに笑っていた。

元々あまり笑わないような子だったから、彼女にとってはあれがはしゃいでいるということなのだろう。

隣で見てて、本当にかわいかった。

「勉強ばかりじゃなくて、こういう遊びも少しはしたほうがいいと思うぞ？」

「それとこれとは話が別」

「あっそ……」

ちっ、この流れだったらいけるかと思ったのに。

まぁ彼女は勉強を頑張っているわけだから、あまり邪魔をするのは良くないか。

傍《はた》から見ると、心配になるくらい詰め込んで勉強しているんだけど……。

「白川君だって、野球をやめて遊びなさい、なんて言われたら断るでしょ？」

「まぁ、そうだな」

それで、中学時代クラスメイトと折り合いがつかなかったこともあるし。

「それと一緒。心配しなくても、無理のない範囲でやっているから」

つい先日倒れた子が何を言っているんだ？

――とはさすがに言えないな。

あれは、ギャルたちに水をかけられたせいだし。

「ただ……たまに息抜きが必要、というのも今回でわかった……」

どうやら、今日遊びに来たことは大正解だったらしい。

頻度は少なくとも、こうして彼女自らが息抜きをしてくれるなら、心配も減る。

そんな、呑気《のんき》なことを考えていると――。

「だから……息抜きが必要になったら、手伝って……？」

なんだか、巻き込まれた。

「手伝い……？」

「ほら、私……息抜きの方法知らないから、白川君が教えてくれないと……」

なるほど、要は今日みたいに連れ歩け、ということらしい。

遊園地も行ったことがなかったんだから、遊ぶ場所を本当に知らないんだろう。

一瞬、デートの誘いかと思ったよ、ちくしょー。

「あぁ、そうだな。次休みが重なった時にでも、また遊びに行こう」

俺たちの休みがなかなか重ならない以上、頻度的にはちょうどいいはずだ。

時間がある時に、デート――遊び場所とかを、調べておかないとな……。

「約束だから、破ったら怒る」

「わかったわかった」

まるで、照れ隠しかのように頬を赤く染めて怖いことを言ってくる彼女に対し、俺は困ったように笑みを返した。

結構素直になったかな、と思っていたけど……やっぱり、いきなり変わりきることはできないようだ。

こういう彼女もかわいいので、のんびり付き合っていこうと思う。

「……ねぇ、最後にもう一つ、我儘《わがまま》言ってもいい……？」

話は終わりかと思ったのだけど、何かまだあるようだ。

「別に最後とかじゃなくてもいいけど……なんだ？」

「その……」

彼女は言いづらそうに、視線を彷徨《さまよ》わせる。

何を言ってくる気なのだろう？

そう思いながら、彼女が口を開くのを待つと――。

「キャッチボール、したい……」

またもや、予想もしていないことを言われてしまった。

キャッチボール？

なんで？

そう頭に過《よぎ》るものの……聞いてしまうと、嫌がってると勘違いされるかもしれない。

　だから、そんな言葉は飲み込み――。

「家に着く頃には夕暮れだろうから、あまり長くはできないけど……もちろん、いいよ」

　俺は、彼女と一緒にキャッチボールをすることにした。

　――ということで、家に着くと俺は昔使っていたグローブを二つ取り出す。

「はい、これ。臭《にお》いとかは我慢してくれ」

　綺麗《きれい》に保管していたものだけど、どうしても年季が入って臭いはしてしまう。

　新品とかは持っていないから、我慢してもらうしかない。

「ミットだけでなく、グローブも持ってたんだ……」

　ソフィアは意外そうに、グローブを見つめる。

　ミットとは、捕手《キャッチャー》と一塁手《ファースト》が使っている、グローブとは別のものだ。

　正直、野球に興味ない人なら、ミットとグローブは同じものに見えてもおかしくないのに……意外と、そういった知識は持っているんだな。

「このグローブは、まぁ……父さんとキャッチボールする時に使ってた奴《やつ》だ」

　父さんも野球好きで、昔はよくキャッチボールをしていた。

　中学時代に俺が腐ってからは、しなくなってしまったのだが。

「捕り方とか、投げ方とか大丈夫か？」

「えぇ、問題ないわ」

　何やら、ドヤ顔をするソフィア。

自信ありげに見えるけど……野球なんてやらなさそうなのに。

「それじゃあ、公園に行こうか」

俺たちは近くの公園に歩いて向かう。

そして、軽いストレッチをして、キャッチボールを始めると——。

「ふっ……」

パァンッ——と、到底女の子が投げるとは思えない球が、俺のグローブに収まった。

見惚《みと》れるほどに綺麗なバックスピンがかかっているし、明らかに素人《しろうと》が投げる球じゃない。

「野球、やっていたのか……」

投げる際にフォームを見ていたが、上半身と下半身を連動させ、体全体の力を指先に集中させる綺麗な投げ方だった。

「やったことないわよ」

しかし、彼女は経験者じゃないと言う。

「いやいや、これでやったことないは通らないだろ……。明らかに、誰かに教わった投げ方だ」

そうじゃないなら、天賦《てんぷ》の才ということになる。

それならば、今からでも女子野球を始めることを勧めたい。

「まぁ、お父さんに教わってたからね」

「えっ、父さんに？」

あの人、いつの間にそんなことしてたんだ？

俺にはろくに投げ方を教えてくれなかったのに。

そう思ったのだけど――。

「もう亡くなった、お父さんのほうよ。野球が凄《すご》く上手《じょうず》で、よく一緒にキャッチボールをしていたの」

なるほど、亡くなったお父さんのほうか……。

その答えで、どうして彼女がキャッチボールをやりたがったのかも腑《ふ》に落ちた。

キャッチボールは、お父さんとの思い出なのだろう。

「凄い人だったんだな」

「わかるの？」

「それほど綺麗なフォームを教えられる人なんて、なかなかいないさ」

他人に教えるには当然教える側に知識が必要で、わかっていないことは他の人に教えられない。

バックスピンを綺麗にかけることだって、口で言うほど簡単ではなく、彼女ほど限りなく垂直に近い回転のストレートを投げられる人間など、柊斗《しゅうと》以外で初めて見た。

出来ることなら、亡くなる前の彼女の父親に会ってみたかったと思う。

……まぁ生きていた場合は、俺と彼女は出会ってすらいないので、叶《かな》わぬ思いなのだけど。

「ふふ……」

彼女はお父さんのことが大好きなのか、俺の言葉を聞いて嬉《うれ》しそうに笑みを零《こぼ》した。

それだけで、俺の胸は温かくなる。

「ねぇ、聞きたいことがあるのだけど、聞いてもいいかしら？」

「もちろん、遠慮なくどうぞ」

俺たちは自分が投げるのに合わせながら、会話のキャッチボールをする。

「どうして、野球を始めたの？」

野球に対する考えを聞かれたことはあったが、始めた理由は聞かれたことがなかった。

彼女はそのことも、気になるらしい。

「父さんに連れられてプロ野球を見に行った時、活躍する選手を見て、純粋にかっこいいと思ったからだよ」

凄く簡潔ではあるが、わかりやすく伝えた。

俺と同じような思いで野球を始めた球児なんて、沢山いるだろう。

「目標にしてる選手はいるの？」

「いるよ、もうこの世にはいない人だけどね。子供の頃からの、俺の憧れなんだ」

「………」

俺がそう言ってボールを投げ返すと、彼女はキャッチして止まってしまった。

そして、ジッと俺の顔を見つめてくる。

「どうした？」

「その人の、名前は……？」

何やら真剣な表情で見つめてくるソフィア。

どうして彼女がそんな表情をするのかわからず、俺は戸惑ってしまう。

今はもういない人だし、名前を出したところで……。

「教えてくれないの……？」

「――っ」

弱々しい声で尋ねられ、俺は思わず息を呑《の》んでしまう。

どうして彼女がこんな雰囲気になっているのかはわからないが、今の俺には、彼女の縋《すが》るような声を撥《は》ね除《の》けることなんてできなかった。

「ライリー・クラーク。俺がもっとも尊敬し、一番かっこいいと思っている、元プロの選手だよ」

俺が正直に答えると、彼女は驚いたように目を見開く。

そして――

『やっぱり……。私たちが出会ったのは、運命なのかも……』

――とても嬉しそうに、笑みを浮かべた。

どうして彼女がそんな表情を浮かべたのかはわからない。

ただ——夕陽《ゆうひ》に照らされる彼女の笑顔はとても魅力的で、俺は思わず見惚れてしまうのだった。

キャッチボールを終えて彼と仲良く家に帰った私は、すぐにお風呂へ入り、自分の部屋へと戻った。

今、凄く胸が高鳴っていて、全身が燃えてるように熱い。

それだけ、今日の出来事は私にとって嬉しいことだったのだ。

遊園地での彼とのデートも、公園で一緒にやったキャッチボールの時間も、私にとってとても幸せな時間だった。

でもそれ以上に、嬉しかったことがある。

『運命、か……。本当に、こういうことってあるんだ……』

私は、机の中に大切にしまっていた、一枚の写真を取り出す。

これは、幼い頃に撮った家族写真だ。

私の宝物でもある。

『ねぇ、パパ……』

私は写真に写っている、ニカッと笑みを浮かべている男性に話しかける。

その腕に抱かれている幼少期の私は、とても幸せそうな笑みを浮かべていた。

何度、この時に戻りたいと思ったかわからない。

それくらい、私にとってパパは大切で、大好きな人だった。

そんなパパに、報告したいことができたのだ。

『ちゃんと、覚えていてくれる人がいたよ。その人にとって、パパは憧れの人らしいの』

もうパパを思い出す人なんて、私くらいしかいないと思っていた。

お母さんも覚えているとは思うけど、新しい恋をしてしまっている。

それが悪いとは思わないし、引きずらないほうがパパも喜んでいるだろう。

私だって、お母さんの再婚は心から祝福した。

だけど――やっぱり、寂しさもある。

お母さんの中で、パパの存在が薄れたように思えたから。

でも、ちゃんとパパのことを覚えていて、今もなお心に刻んでくれている人がいる。

その事実は、私にとって凄く嬉しかった。

何より彼は、今まで私が出会った男性の中で、飛び抜けて素敵な人だと思う。

『優しくて、頑張り屋で……とても素敵な人なんだよ。私……彼と出会えて、よかった。彼ならきっと、私の夢も叶えてくれると思う。天国で彼の力になってあげてね、パパ』

私はそう言うと、傷が付かないように気を付けながら、机の中へと写真をしまった。

そして、思考を切り替える。

『虫が良すぎるって思ってたけど……その考えは、一回捨てよう。こんな運命みたいなこと、そうそうないし……彼に好きになってもらえたら、そんなの関係ないんだから。だけ

『ど、どうしたらいいのかしら……？』

どうやって彼との距離を縮めるか、私は頭を悩ませる。

きっと素直に接することはできない。

今までそういうふうに接したことがないし、頑張って素直に甘えようとしても、これまでのことが頭を過《よぎ》ってしまう。

正直、自分でも思うくらいに、私は人間関係において不器用だ。

だから、不器用は不器用なりに、頑張ってみるのがいいんじゃないだろうか。

幸い彼は優しいのだから、傍《そば》に行けば一緒にいさせてくれると思う。

そうやって――時間をかけて次第に距離を縮めていくのも、ありじゃないかと思った。

『まずは、呼び方を変えないと……。彼はソフィアって呼んでくれてるんだから、私も賢《けん》人《と》……賢人君？　あえてあだ名は――ないわね、私のキャラに合ってない……。お兄ちゃん……は、煽《あお》りじゃなくて素で呼ぶのは恥ずかしいわよね……。ここはやはり無難に賢人君にするとして……呼び方を変える流れを、どうにか作らないと……』

私はこうして、彼との距離の縮め方に頭を悩ませるのだった。

あとがき

まず初めに、『孤高の華と呼ばれる英国美少女、義妹になったら不器用に甘えてきた』、略して『英国義妹《えいこくぎまい》』をお手にとって頂き、ありがとうございます！

ご存じの方もいらっしゃるかもしれませんが、今までネコクロが書籍を出させて頂く際には、ＷＥＢで連載していた作品を〝書籍化〟という形で出して頂いていました。

そんな中、今作は書き下ろしでやらせて頂き、とても嬉《うれ》しかったです！

担当編集者さん、Ｐａｒｕｍ先生をはじめとした、携わって頂いた関係者の皆様、ご助力頂きありがとうございました！

編集さんには凄《すご》い我《わ》が儘《まま》を言っていたのに、快く対応して頂けて感謝しかありません！

何より、『英国義妹』を更に良くする意見を沢山頂けたのは、とても大きかったです！

また、Ｐａｒｕｍ先生には、イメージしていたものを遥《はる》かに凌駕《りょうが》する素敵なイラストを描いて頂けて、凄く嬉しかったです！　皆様、本当にありがとうございました！

さて、あまり長く……というわけにもいかないので（ページ数的に……！）、一言だけ。

クーデレが大好きな自分にとって、『英国義妹』は最高なものになりました！

読者の皆様にも楽しんで頂けていますと幸いです！

二巻でもお会いできることを祈っています、Ｓｅｅ　ｙｏｕ！

OVERLAP

孤高の華と呼ばれる英国美少女、義妹になったら不器用に甘えてきた 1

発　行　2024年4月25日　初版第一刷発行

著　者　ネコクロ

発行者　永田勝治

発行所　株式会社オーバーラップ
〒141-0031　東京都品川区西五反田8-1-5

校正・DTP　株式会社鷗来堂

印刷・製本　大日本印刷株式会社

Printed in Japan ISBN 978-4-8240-0790-2 C0193